Kai Meyer

*Sieben Siegel*

Der schwarze Storch

omnibus

**DER AUTOR**

Kai Meyer, geboren 1969, studierte Film und Theater und schrieb seinen ersten Roman im Alter von 24 Jahren. Seither hat er über 40 Bücher veröffentlicht, darunter Bestseller wie »Die Alchimistin« in der Erwachsenenbelletristik und »Die fließende Königin« sowie »Die Wellenreiter« im Kinder- und Jugendbuch. Seine Bücher wurden in mehr als 20 Ländern veröffentlicht, u. a. in den USA, in England, Japan, Italien, Frankreich und Russland. Für »Frostfeuer« erhielt Kai Meyer 2005 den CORINE-Literaturpreis in der Kategorie Kinder- und Jugendbuch.

Von Kai Meyer ist bei OMNIBUS erschienen:

**»Sieben Siegel – Die Rückkehr des Hexenmeisters«** (21602)

Kai Meyer

# *Sieben Siegel*

## Der schwarze Storch

Mit Illustrationen von Wahed Khakdan

OMNIBUS
ist der Taschenbuchverlag für Kinder
in der Verlagsgruppe Random House

**FSC**
Mix
Produktgruppe aus vorbildlich
bewirtschafteten Wäldern und
anderen kontrollierten Herkünften

Zert.-Nr. SGS-COC-1940
www.fsc.org
© 1996 Forest Stewardship Council

Verlagsgruppe Random House FSC-DEU-0100
Das für dieses Buch verwendete
FSC-zertifizierte Papier *Munken Print*
liefert Arctic Paper Munkedals AB, Schweden

1. Auflage
Erstmals als OMNIBUS Taschenbuch August 2006
Gesetzt nach den Regeln der Rechtschreibreform
© Text: 1999 by Kai Meyer
Copyright der deutschen Ausgabe © 1999 by
Loewe Verlag GmbH, Bindlach
© Illustrationen: 1999 by Loewe Verlag
GmbH, Bindlach
Alle Rechte dieser Ausgabe vorbehalten durch
OMNIBUS, München
Umschlagbild: Almud Kunert
Innenillustrationen: Wahed Khakdan
Umschlaggestaltung: Basic-Book-Design,
Karl Müller-Bussdorf
MI · Herstellung: CZ/JL
dtp Satz im Verlag: Jessica Lange
Druck und Bindung: GGP Media GmbH,
Pößneck
ISBN-10: 3-570-21603-9
ISBN-13: 978-3-570-21603-3
Printed in Germany

**www.omnibus-verlag.de**

# Inhalt

| | |
|---|---:|
| Maskenball | 9 |
| Das Nest | 25 |
| Gejagt! | 44 |
| Die Bibliothek | 59 |
| Kellergeister | 78 |
| Schock | 85 |
| Vier Monster und ein Toter | 92 |
| Im Dunkeln | 105 |

# Giebelstein
## Blick von Süden nach Norden

# Maskenball

Mitternacht.
Lisa erwachte. Unsicher starrte sie in die Dunkelheit des Zimmers. Was hatte sie geweckt? Ihr war, als hätte sie ein Geräusch gehört. Das Knarren von Bodenbrettern. Den Schrei einer Eule. Das Schlagen der antiken Standuhr draußen im Treppenhaus.

Große Häuser stecken voller Geräusche. Unheimliche Laute, die einem bei Nacht keine Ruhe lassen. Niemand wusste das besser als Lisa und ihr Bruder Nils. Denn die beiden lebten im größten und gruseligsten Haus von ganz Giebelstein – im alten Hotel Erkerhof.

Das Hotel gehörte Lisas und Nils' Eltern. Es lag ein wenig abseits der Stadt. Um es zu erreichen, musste man draußen vor dem Stadttor von der Hauptstraße abbiegen und einer schattigen Pappelallee nach Westen folgen. Das Hotel lag am Waldrand, finster und Ehrfurcht gebietend. Im achtzehnten Jahrhundert war es das Schloss eines Adeligen gewesen, dann, viel später, ein Irrenhaus. Vor über hundert Jahren schließlich hatte man aus dem Gemäuer ein Hotel gemacht.

Vier Stockwerke hoch wachte es erhaben über das grüne Hügelland. Man hatte es in Form eines Hufeisens angelegt. Seine steilen Dächer waren mit Moos und Flechten überzogen. Im Inneren erstreckte sich ein Irrgarten verwinkelter Korridore und hoher, leerer Zimmer.

Weil das Hotel Erkerhof das unheimlichste Gebäude weit und breit war, hatten die Kinder ihm den Spitznamen Kerkerhof gegeben. Lisa und Nils fanden das sehr passend, aber ihre Eltern hörten dieses Wort überhaupt nicht gern. Sie hatten genug damit zu tun, den Hotelbetrieb am Laufen zu halten. Vor achtzig, neunzig Jahren, als Giebelstein noch ein beliebter Ausflugsort gewesen war, war der Erkerhof eine Goldgrube gewesen. Heute aber blieben die Gäste aus. Wenn vier oder fünf der über siebzig Zimmer belegt waren, war das fast ein Grund zum Feiern.

Auch gab es keine Angestellten im Hotel. Lisa und Nils mussten häufig mit anpacken, wenn ihren Eltern die Arbeit über den Kopf wuchs. Der Kerkerhof war ein reiner Familienbetrieb. Leider kein allzu erfolgreicher.

Zu allem Unglück hatten Lisas und Nil' Eltern das Hotel nun auch noch für einige Tage schließen müssen. Eine entfernte Großtante von Lisas Mutter war gestorben und die beiden waren zur Testamentseröffnung eingeladen worden. Vielleicht, so hatten sie bei ihrer Abreise gemutmaßt, würden sie ja so an das nötige Kleingeld kommen, um ein paar der dringend nötigen Reparaturen am Hotel durchführen zu lassen.

Lisa und Nils blieben derweil daheim. Sie hatten

die Erlaubnis bekommen, ihre besten Freunde aus dem Dorf, Kyra und Chris, zum Übernachten einzuladen. Drei Tage und Nächte lang hatten die Kinder den Kerkerhof für sich allein.

Und was für ein Abenteuerspielplatz solch ein Gemäuer sein konnte! Zumindest tagsüber, wenn es hell war.

Nicht so im Dunkeln. Und schon gar nicht um Mitternacht. Dann nämlich gab es kaum einen Ort, der Furcht einflößender war.

Lisa schaute auf den Wecker neben ihrem Bett. Zehn nach zwölf. Sie fürchtete, nicht wieder einschlafen zu können. Sie hasste es, nachts wach zu liegen. Alles, was einem dann durch den Kopf ging, waren Dinge, die einem Angst einjagten. Oder, schlimmer noch, die einen traurig machten. Lisa hatte weder Lust auf das eine noch auf das andere.

Sie musste sich ablenken. Irgendwie.

Schlecht gelaunt setzte sie sich in ihrem Bett auf. Ihr Bruder Nils schlief im Raum nebenan. Kyra und Chris hatten zwei der Gästezimmer am anderen Ende des Flurs bezogen. Eigentlich hatten sie sich alle einen Spätfilm im Fernsehen anschauen wollen – *Die Nacht der lebenden Toten*, was wirklich verdammt interessant klang –, aber dann waren sie doch viel zu müde gewesen.

Jetzt überlegte Lisa, ob sie ins Fernsehzimmer gehen und sich den Schluss des Films anschauen sollte. Allerdings, einen Horrorfilm anzusehen, ganz allein, um diese Uhrzeit und vor allem in diesem

Haus – nein, das schien ihr nicht gerade das richtige Mittel zu sein, um wieder einzuschlafen.

Dann also ein Buch! Sie stand auf und ging mit nackten Füßen hinüber zum Bücherregal. Ihr rotweiß gestreiftes Nachthemd reichte nur bis zu den Knien. Es war kühl im Zimmer und sie bekam eine Gänsehaut an den Beinen.

Sie hatte gerade die Hand nach einem Buch ausgestreckt, als sie etwas hörte.

Ein Flüstern, draußen auf dem Flur!

Schlichen die anderen etwa vor ihrer Tür herum? War sie davon aufgewacht?

Lisa lächelte. Vielleicht gelang es *ihr* ja, ihren Freunden einen Mordsschrecken einzujagen. Plötzlich war die Vorstellung, noch eine Weile lang wach zu bleiben, gar nicht mehr so übel.

Sie huschte lautlos zur Tür und öffnete sie einen Spaltbreit. Vorsichtig schaute sie hinaus. Der Korridor schien verlassen zu sein. Weit jedoch konnten die anderen noch nicht gekommen sein. Lisa hatte auch keine Türen scheppern hören; das bedeutete wohl, dass ihre Freunde noch immer durch die Gänge geisterten.

Ganz kurz überkamen sie Zweifel. Was, wenn die anderen ihr einen Schrecken einjagen wollten? Dann lief sie ihnen geradewegs in die Falle.

Aber nein. Sie wären gewiss in ihr Zimmer gekommen und hätten sie schon beim Aufwachen erschreckt. Mit einer von Nils' Monstermasken zum Beispiel. Oder mit dem Gestank einer der schrecklichen Teemischungen, die Kyras Tante Kassandra zusammenmixte.

Lisa schlich hinaus auf den Korridor und ließ ihre Zimmertür angelehnt. Sollte sie sich nach rechts oder links wenden? Zur Rechten lagen die Zimmer der anderen, zur Linken machte der Gang nach ein paar Metern eine Biegung – dies war die Richtung, um in die übrigen Flügel des Kerkerhofs zu gelangen.

Sie entschied sich für die zweite Möglichkeit. Wenn es Chris war, den sie hatte flüstern hören, würde er mit ziemlicher Sicherheit einen Abstecher in die Speisekammer des Hotels machen. Chris hatte ständig Hunger – und ungerechterweise wurde er kein bisschen dicker bei all seiner Esserei! Im Gegenteil, Chris blieb immer schlank und sportlich. Lisa fand, dass er ziemlich gut aussah.

Ob Kyra das auch fand? Lisa vermutete, dass Chris ein Auge auf ihre rothaarige Freundin geworfen hatte. Seit sie Chris beim Kampf gegen den mächtigen Hexenmeister Abakus kennen gelernt hatten, verstanden er und Kyra sich verdächtig gut – auch wenn sie nach außen hin nur zu selten einer Meinung waren.

Lisa erreichte die Stelle, wo der Flur eine Biegung machte. Zu beiden Seiten führten Türen in die leeren Hotelzimmer. In den meisten waren die Möbel mit weißen Staublaken verhangen – das waren die Räume, die seit Jahren niemand mehr betreten hatte.

Die Vorstellung, dass all diese Zimmer einmal Zellen gewesen waren, in denen die Insassen des Irrenhauses dahinvegetiert hatten, war kein erfreulicher Gedanke. Lisa hatte gelernt, die Geschichte des Kerkerhofs zu verdrängen. Meist gelang ihr das recht gut.

Nur jetzt nicht. Ausgerechnet in der Stunde nach Mitternacht.

Dies war die Stunde, in der die Vergangenheit die Hand nach dem Heute ausstreckte. Die Stunde rätselhafter Laute und eiskalter Luftzüge. Die Stunde der Angst.

Lisa schlich an den hohen Türen vorbei und hatte bei jeder das Gefühl, dass sie sich hinter ihrem Rücken öffnete. Doch immer wenn sie über ihre Schulter sah, waren alle Türen geschlossen.

Auf den Fluren des Kerkerhofs brannte die ganze Nacht über eine Notbeleuchtung. Lisa wagte nicht, die Hauptlichter einzuschalten, weil das ihre Freunde gewarnt hätte. Dann wäre es vorbei mit der Überraschung – und mit dem Schrecken auf ihren Gesichtern, wenn Lisa sie aus dem Dunkeln ansprang.

Sie bog noch um zwei weitere Ecken, ehe sie die Balustrade erreichte, die sich im ersten Stock um die große Eingangshalle zog. Von dort aus führte eine geschwungene Freitreppe hinab ins Erdgeschoss. Am Tag war es eine Treppe wie aus einem Märchenschloss, bei Nacht aber glich sie eher den Stufen einer Spukburg.

Von ihren drei Freunden entdeckte Lisa keine Spur. Das wunderte sie ein wenig. Hatten die drei sie bemerkt und sich deshalb versteckt? Oder waren sie einfach nur schneller gelaufen als Lisa?

Sie blieb auf den oberen Stufen der Freitreppe stehen und lauschte erneut in die Nacht. Knistern und Knacken gehörte in einem so alten Haus zur üblichen Geräuschkulisse. Umso erstaunter war Lisa, als sie nicht den leisesten Laut vernahm. Kein Rascheln, kein Knarren. Rein gar nichts. Es war, als hätte man das gesamte Gemäuer mit Watte ausgestopft.

Da! Wieder das Flüstern!

Lisa hatte es genau gehört, aber sie konnte nicht verstehen, was gesprochen wurde. Dennoch war ihr, als hätte sie ihren Namen herausgehört. Sprachen die anderen etwa über sie, wenn sie nicht dabei war? Das machte sie noch neugieriger und trieb sie eiliger die Treppe hinunter.

Die Eingangshalle war riesig. Ihre Höhe erstreckte sich über drei Stockwerke. Mächtige Säulen stützten die Decke. An den Wänden hingen gemalte Porträts und vergilbte Bilder aus den Anfängen der Fotografie. Ein gewaltiger offener Kamin befand sich auf der einen Seite, die Rezeption auf der anderen. Die Theke war säuberlich aufgeräumt und schimmerte frisch poliert.

Nirgends war eine Menschenseele zu sehen.

»Lisa!«

Sie schrak zusammen, als sie ihren Namen so deutlich hörte. Wieder war es nur ein Flüstern gewesen, scharf und zischelnd. Und es klang gar nicht weit entfernt.

Die Stimme war eindeutig männlich gewesen. Nils aber hörte sich anders an, selbst wenn er flüsterte. War es demnach Chris, der sie rief?

Irgendwie war das alles sehr sonderbar.

»Chris?«, fragte Lisa leise, als sie am Fuß der Freitreppe ankam. »Chris, bist du das?«

Schweigen. Niemand gab Antwort.

»Das ist nicht besonders witzig«, sagte sie, allmählich ein wenig ärgerlich.

Die Notbeleuchtung spendete gelbliches Zwielicht; sie schuf mehr Schatten, als sie vertrieb. Hin und wieder flackerte eine der alten Lampen und in manchen waren die Glühbirnen gänzlich ausgefallen. Auch die Beleuchtung des Kerkerhofs hatte eine Generalüberholung nötig.

»Lisa!«

Schon wieder ihr Name. Was für ein Spiel trieben die anderen? Langsam wünschte sie sich, sie wäre im Bett geblieben. Verfluchte Neugier! Nun stand sie also hier, frierend, nur im Nachthemd und mit nackten Füßen, und sie fühlte sich plötzlich sehr allein. Schutzlos.

Ja, das war das richtige Wort. Die Frage war nur, vor wem sie eigentlich Schutz nötig hatte. Hier war doch niemand außer ihr selbst und ihren drei Freunden.

Oder?

Sei kein Feigling, schalt sie sich.

Also weiter.

Das letzte Flüstern war eindeutig durch die große

Doppeltür an der Westseite der Eingangshalle gekommen. Dahinter lagen der Speisesaal, die ungenutzten Konferenzräume und, ganz am Ende des Gangs, der alte Ballsaal.

Die Küche, in der sie Chris vermutet hatte, lag in einer anderen Richtung. Was, zum Teufel, hatte er hier unten verloren?

Lisa gab sich einen Ruck und lief zu der Doppeltür. Sie stand ein Stück weit offen. Statt sie ganz aufzuziehen, zwängte Lisa sich lieber durch den Spalt. Das war unauffälliger.

Der Speisesaal war so menschenleer wie alle anderen Teile des Hotels. Die Stühle standen kopfüber auf den Tischen. Es gab mindestens zwei Dutzend Sitzgruppen in dem riesigen Raum, die meisten waren nur vage Formen im Schatten. Hinter jeder konnte sich ein Mensch verstecken. Zum ersten Mal, seit sie aufgestanden war, spürte Lisa, dass ihr Herz schneller schlug. Sie konnte es sogar pochen hören, tief in ihrer Brust. Sie war viel aufgeregter, als sie sich eingestehen wollte.

»Chris?«, fragte sie unsicher in die Dunkelheit. »Kyra?«

Niemand antwortete ihr.

Lisa durchquerte den Speisesaal um einiges schneller, als sie eigentlich vorgehabt hatte. Aber ihre Sorgen blieben unbegründet – niemand sprang zwischen den Tischen hervor, keiner überraschte sie mit einem plötzlichen »Buuuh!«

Sie erreichte die nächste Tür und betrat den düsteren Korridor, von dem die Türen der Konferenzräume abzweigten. Leere. Stille.

Und dann wieder: »Lisa!«

»Ach, verdammt noch mal!«, fluchte sie und lief den Gang hinunter. »Ich weiß, dass ihr hier irgendwo seid. Okay, ihr habt mir Angst eingejagt. Reicht das? Dann kommt endlich raus!«

Aber das Kichern, das sie erwartet hatte, blieb aus. Auch traten keine Gestalten in Schlafanzügen aus den Schatten.

Spätestens dies wäre der Augenblick zur Umkehr gewesen. Aber Lisa wollte sich nicht so leicht geschlagen geben. Zudem war sie sicher, dass die anderen über sie herfallen würden, sobald sie ihnen den Rücken zuwandte.

Weiter. Bis ans Ende des Korridors.

Dort blieb sie vor dem hohen Portal des alten Ballsaals stehen. Hier hatten schon seit Jahren keine Feste mehr stattgefunden. Die blind gewordenen Spiegel an den Wänden, die verblichenen Deckenmalereien und Stuckschnörkel erinnerten an vergangene Zeiten, als hier noch rauschende Ballnächte veranstaltet wurden. Jetzt aber verrottete der Saal von Jahr zu Jahr ein wenig mehr. Ein trauriger Anblick. Keiner aus der Familie kam gerne hierher, am wenigsten die Kinder.

Die uralten Schwingtüren quietschten, als Lisa sie nach innen drückte.

Wie angewurzelt blieb sie stehen. Ihre Hände sanken kraftlos nach unten. Die Schwingtüren schlossen sich wieder, verbargen den Blick ins Innere des Ballsaals.

Aber Lisa *hatte* bereits etwas gesehen. Etwas, was es nicht geben konnte.

In ihrem Kopf schrillten hundert Alarmsirenen. Dreh dich um! Lauf weg! Verschwinde von hier!

Aber Lisa blieb stehen. Gab den Schwingtüren einen neuen Stoß.

Der Ballsaal war voller Menschen.

Frauen und Männer mit Masken.

Sie trugen altmodische Kleidung. Ballkleider wie aus Schwarz-Weiß-Filmen rauschten aufgebläht über das Parkett. Die Männer steckten im Frack oder in fantastischen Uniformen.

Und alle, bis auf den Letzten, verbargen ihre Gesichter hinter grotesken Maskeraden, bizarrer als alle, die Lisa je gesehen hatte. Sogar Nils' Monsterköpfe konnten da nicht mithalten.

Die Schwingtür wollte sich erneut schließen, doch da wurden die Flügel schon von innen festgehalten. Zwei maskierte Butler (*Butler? Hier im Hotel?*) bedeuteten Lisa mit einer Verbeugung, in den Saal zu treten.

Wie in Trance folgte sie der Aufforderung. Niemand beachtete sie. Um sie herum drehten sich die Paare in ihren altmodischen Tänzen und überall standen die Maskierten einzeln oder in Gruppen, nippten an ihren Gläsern und unterhielten sich.

Und trotzdem herrschte Stille. Kein Laut ertönte, nicht der geringste. Die Musik, zu der die Menschen tanzten, war nicht zu hören – und das, obwohl Lisa am anderen Ende des Saals ein maskiertes Streichquartett erkennen konnte. Auch die Gespräche blieben unhörbar. Gleichfalls die Schritte, das Rascheln der Ballkleider, das Knallen der Champagnerkorken.

Ich bin taub, dachte Lisa in Panik, und um sich zu vergewissern, sprach sie es laut aus:

»Ich bin taub!«

Sie konnte ihre Stimme ganz genau hören.

Lisa klatschte einmal in die Hände. Auch dieses Geräusch war für sie laut und deutlich zu vernehmen.

Und das Fest ging weiter. Stumm. Geräuschlos. Ein Geisterball.

Lisa wich zurück und stieß gegen die Schwingtür. Das kühle Holz vibrierte leicht in ihrem Rücken.

Zum ersten Mal besah sie sich die Masken genauer. Die meisten schienen Tiere darzustellen, allerdings auf groteske Weise verändert. Wie die traurigen Mutationen, die man manchmal im Fernsehen sieht: Strahlungsopfer, Missgeburten, gefolterte Versuchstiere. Seltsam verschoben, manche zu groß, andere zu klein. Mit Fangzähnen, wo keine hätten sein dürfen, oder gespaltenen Schlangenzungen, die aus den Mäulern von Säugetieren züngelten. Insektenaugen in den Köpfen von Reptilien, Katzenaugen in Vogelgesichtern. Fell und Schuppen auf ein und demselben Schädel. Haarlose Löwen, bärtige Eidechsen.

Geschöpfe aus einem Albtraum.

Jetzt sah Lisa, dass manche von ihnen sabberten und spuckten. Einige hatten triefende Augen, ein Wolfskopf weinte sogar Tränen aus Blut.

Lisa war starr vor Grauen. Sie konnte sich nicht bewegen, obwohl sie es wollte. Ihre Muskeln gehorchten ihr nicht mehr.

Jenseits dieses wogenden Meers aus Schreckensschädeln stand einer, der besonders auffällig war. Er überragte alle anderen um mindestens einen Meter.

Es war ein Vogel, ein Storch. Sein Gefieder war schwarz wie das eines Raben. Gleich einem Schwert wies sein blutroter Schnabel auf Lisa. Beinahe anklagend.

Das Ungewöhnlichste aber waren seine Augen. Sie waren weiß und leer, ohne Pupillen.

Plötzlich teilte sich die Menge und bildete eine Schneise, die von dem schwarzen Storch bis zu Lisa führte. Und Lisa erkannte, dass unter dem Storchenkopf kein Mensch steckte. Er hatte den Körper eines Vogels! Ein Storchenleib mit Storchenbeinen, schwarz gefiedert und auf abstoßende Weise missgebildet. Er war über drei Meter groß und seine Beine waren viel länger als üblich. Wie Spinnenbeine.

Lisa schrie auf.

Im selben Augenblick lösten sich die Gestalten rund um sie in Luft auf. Die Tänzer verblassten wie Nebelschwaden. Und dann war der Ballsaal wieder menschenleer. Verlassen.

Bis auf den Storch.

Das grässliche Tier stand immer noch da und

starrte Lisa aus leeren Augen an. Sie hatte noch nie etwas gesehen, was ihr größere Abscheu eingeflößt hätte. Die Angst verwandelte ihren Körper in eine Eissäule.

Mit einem Mal riss der Riesenstorch seinen Kopf in den Nacken. Sein Schnabel klappte auseinander wie eine Schere aus rotem Horn, und aus seinem Rachen stieg ein Kreischen empor, wie Lisa es noch nie zuvor vernommen hatte. Ein Schrei aus den Schlünden der Hölle.

Sie ließ sich einfach nach hinten fallen. Stolperte durch die Schwingtür, warf sich herum und rannte.

Das Kreischen brach ab. Lisa hörte klappernde Geräusche aus dem Inneren des Ballsaals. Schritte, die ihr folgten, ein Schaben und Kratzen, als Vogelkrallen, groß wie Menschenköpfe, das Parkett aufrissen und Furchen in das Holz gruben.

Der schwarze Storch war dicht hinter ihr her.

Lisa stürmte durch den leeren Speisesaal, durch die Eingangshalle und die Treppe hinauf. Die Korridore schienen sich vor ihr wie Gummischläuche ins Endlose zu dehnen.

Endlich erreichte sie ihr Zimmer. Sprang hinein. Warf die Tür hinter sich zu und drehte den Schlüssel herum.

Draußen auf dem Flur herrschte Stille.

Kein Kreischen mehr, keine klappernden Schritte.

Einmal noch war Lisa, als höre sie vor ihrem Fenster mächtigen Flügelschlag. Doch als sie angstvoll hinaussah, war vor der Scheibe nur Finsternis.

Und falls aus der Schwärze zwei leere Augen hereinstarrten, so verbarg die Nacht sie gnädig unter einer Decke aus Dunkelheit.

# Das Nest

**E**in schwarzer Storch? Drei Meter groß?« Nils schüttelte ungläubig den Kopf. »Das hast du geträumt.«

Lisa funkelte ihren Bruder böse an. Er hatte strohblondes Haar wie sie selbst. »Ich hab nicht geträumt!«, fuhr sie ihn an. »Der Storch war da! Unten im Ballsaal!«

Die Geschwister standen auf dem Flur vor ihren Zimmern. Durch die offenen Türen fiel der Schein der Morgensonne. Lisa hatte gehofft, dass die Erlebnisse der Nacht bei Tageslicht weniger Furcht erregend erscheinen würden. Eben wie Träume. Stattdessen war sie jetzt nur noch überzeugter, dass ihre Begegnung mit dem Storch tatsächlich stattgefunden hatte. Genauso wie der Maskenball.

»Du spinnst«, meinte Nils schulterzuckend. Dafür hätte sie ihm am liebsten eine gescheuert.

Ein Pfiff ertönte vom anderen Ende des Korridors, dann eine Stimme: »Schöner Morgen, was?«

Chris und Kyra kamen den Gang herunter auf die Geschwister zu und gesellten sich zu ihnen.

Chris trug wie immer schwarze Jeans und ein schwarzes Sweatshirt. Auch sein Haar war pechschwarz. Unnötig, seine Lieblingsfarbe zu erwähnen. Er grinste zur Begrüßung und sagte gleich: »Habt ihr auch solchen Hunger? Warum steht ihr dann noch so rum? Kommt, wir gehen frühstücken.«

Kyra warf ihm einen strafenden Blick zu. »Nicht alle sind so verfressen wie du.« Sie hatte sehr wohl bemerkt, dass Lisa und Nils gerade miteinander stritten.

Kyras dunkelrotes Haar hing ihr offen über die Schultern. Manchmal steckte sie es genauso wild hoch wie ihre Tante Kassandra, mit einem Dutzend Spangen und Gummis und Haarnadeln, aber nicht heute. Sie sah verschlafen aus und wirkte keineswegs so gut gelaunt wie Chris.

»Also, was ist los?«, fragte sie ungeduldig.

Lisa druckste noch einen Moment lang herum, aber Nils platzte gleich mit der Wahrheit heraus: »Lisa sagt, sie hat Gespenster gesehen.«

»Ich hab kein Wort von *Gespenstern* gesagt«, brauste seine Schwester auf.

»'tschuldigung, einen Storch ... natürlich.« Er zog eine Grimasse, fletschte die Zähne und krümmte die Finger wie ein Werwolf. »Und er war böööse ...«

Lisa streckte ihm die Zunge heraus, obwohl sie ihm insgeheim etwas weitaus Schlimmeres antun wollte. Nils war nicht immer eine solche Nervensäge, aber manchmal, wenn es ihn überkam, konnte er unerträglich sein. Fand zumindest seine Schwester.

»Welche Art von Gespenstern?«, fragte Kyra besorgt.

Alle drei schauten sie verwundert an – sogar Lisa,

die eigentlich hätte dankbar sein müssen, dass jemand sie ernst nahm.

Kyra sah von einem zum anderen. »Habt ihr es denn nicht bemerkt?«

»Was bemerkt?«, fragte Nils.

Chris seufzte und ließ sich mit dem Rücken gegen die Wand fallen. »Kyra meint die Siegel. Sie sind heute Nacht sichtbar geworden.« Er schob seinen rechten Ärmel hoch und zeigte den anderen die sieben Male, die auf seiner Haut erschienen waren.

Nils, der offenbar im selben Sweatshirt geschlafen hatte, das er auch jetzt noch trug, fiel aus allen Wolken. Hektisch raffte er seinen Ärmel nach oben und erstarrte.

Auch er trug die Sieben Siegel.

Lisa nickte. »Ich hab meine schon beim Waschen gesehen.« In spitzem Tonfall wandte sie sich an ihren Bruder: »Waschen – sagt dir das Wort was?«

»Haha«, machte Nils mürrisch.

Kyra hielt ihren nackten Unterarm neben Lisas. Auf beiden schimmerten die Male. Sie sahen aus wie uralte Schriftzeichen.

»Wie war das also mit den Gespenstern?«, fragte Kyra noch einmal.

Lisa erzählte alles, was sie in der Nacht erlebt hatte – und diesmal wurde sie nicht mehr von Nils unterbrochen. Schweigend und geduldig lauschte er ihrem Bericht.

Nachdem sie geendet hatte, schob sie schnell ihren Ärmel hinunter. Aber die Kälte, die sie schaudern ließ, kam von innen. Die bloße Erinnerung an den Teufelsstorch verursachte ihr eine heftige Gänsehaut.

Ihren Freunden erging es nicht besser. Sogar Nils kreuzte beide Arme vor der Brust, so als friere er mit einem Mal ganz erbärmlich. »Und nun?«, fragte er.

Kyra dachte nach und wollte etwas sagen, aber Chris kam ihr zuvor und stieß sich mit einem Ruck von der Wand ab: »Nun gehen wir erst mal was essen. Wenn uns dieser Storch schon frühstücken will, soll er wenigstens satt davon werden.«

Schon Kyras Mutter war eine Trägerin der Sieben Siegel gewesen. Sie war kurz nach Kyras Geburt gestorben, doch bis dahin hatte man sie als erbittertste Gegnerin aller höllischen Mächte gefürchtet. Einst selbst eine Hexe, hatte sie bald allen, die schwarze Magie und Teufelsspuk praktizierten, den Kampf angesagt. Mithilfe eines Zaubers hatte sie das Mal der Sieben Siegel auf ihre Tochter übertragen – und ungewollt auch auf deren drei Freunde.

Als die Kinder die Wiederauferstehung des Hexenmeisters Abakus verhindert hatten, waren die Siegel auf sie übergegangen. Immer dann wenn sie in die Nähe schwarzmagischer Kreaturen gerieten, wurden die Male auf ihren Unterarmen sichtbar. Dagegen halfen keine Seife und keine Scheuermilch.

Die Kleinstadt, in der die vier lebten, war im Mittelalter eine Hochburg der Hexerei gewesen. Noch heute besaß der alte Ort mit seinen Fachwerkhäusern und engen Gässchen eine besondere Anziehungskraft für die Mächte der Finsternis. Mehr noch galt dies jedoch für die Träger der Sieben Siegel: Sie waren wie Magnete, von denen die Kreaturen der Hölle angezogen wurden. Die Siegel waren seit vielen Jahrhunderten das Symbol jener, die sich dem Bösen entgegenstellten, ob sie wollten oder nicht. Und Dämonen machten keinen Unterschied, ob es sich bei ihren Gegnern um ein paar Kinder oder um mächtige Hexen wie Kyras Mutter handelte.

»Wenn ihr nicht zum Teufel geht, kommt der Teufel eben zu euch«, hatte Tante Kassandra bedauernd festgestellt. Sie wusste mehr über Kyras Mutter, als sie zugab, und ihr war anzumerken, wie betroffen sie das Schicksal der Kinder machte.

Doch auch Tante Kassandra hatte keine andere Wahl, als die Sieben Siegel zu akzeptieren – ganz gleich, ob als Fluch oder Segen.

»Deine Mutter hat uns das alles eingebrockt«, schimpfte Nils, als sie die Hotelküche verließen.

»Ohne meine Mutter hätte Abakus dein Blut getrunken«, gab Kyra trocken zurück. »Schon vergessen?«

Lisa nickte. »Hätte Kyras Mutter das ›Buch der Namen‹, auf das Abakus so versessen war, nicht mit dem Zauber der Sieben Siegel belegt, wären wir alle umgekommen.«

Als der Hexenmeister das Buch geöffnet hatte, hatte es ihn und seine Getreuen vernichtet – und die Male auf die Arme der Kinder gebrannt.

Nils war viel zu sehr in Fahrt, um nachzugeben. Er pochte auf seinen rechten Unterarm. »Mich hat sie jedenfalls nicht gefragt, ob ich scharf auf diese Dinger bin. Sieben Siegel, pah ... zur Hölle damit!«

Chris kaute auf einer Toastscheibe mit Salzbutter. »Das könnte schneller passieren, als dir lieb ist, wenn wir diesen schwarzen Storch nicht loswerden.« Er wandte sich an Lisa. »Und du meinst wirklich, er sei es gewesen, der diesen Geisterball veranstaltet hat?«

»Auf jeden Fall ist er als Einziger übrig geblieben, als sich alle anderen in Luft auflösten«, erwiderte Lisa mit einem Schulterzucken. »Außerdem sahen die meisten von denen aus wie Menschen mit komischen Masken. Nur der Storch hat wirklich ausgesehen wie ... na ja, eben wie ein Storch.«

»Drei Meter groß«, fügte Nils spitz hinzu. »Und mit schwarzen Federn.«

»Ganz genau«, gab Lisa verärgert zurück. »Und mit einem Schnabel so lang wie ein Schwert. Ich schätze, den würde er dir verdammt gerne in den Hintern rammen.«

Kyra seufzte. »Wenn ihr noch mehr Zeit damit verschwendet, euch zu streiten, wird er das sogar ganz bestimmt tun.«

Nils riss sich zusammen. »Also?«

»Wie wär's, wenn wir ihn suchen?«, schlug Chris vor.

»Und dann?«, entgegnete Nils. »Willst du ihn bitten, sein Nest woanders zu bauen?«

»Das ist es doch!«, rief Kyra aus. »Ein Nest! Alle Störche haben eins, oder? Und wo bauen sie die?«

»Auf dem Dach«, entfuhr es Lisa.

Kyra nickte. »Also los!«

Sie, Chris und Lisa wollten schon loslaufen, doch Nils blieb stehen. Früher war immer er es gewesen, der die verrücktesten Ideen ausgeheckt hatte – doch seit sie die Sieben Siegel trugen, war er vernünftiger geworden. Beinahe besonnen. Ob auch das eine Nebenwirkung der Male war?

»Wir haben nichts, um ihn zu vertreiben«, sagte er.

»Wir wollen ja auch erst einmal auskundschaften, wo das Vieh sich rumtreibt«, erwiderte Kyra.

Nils schaute ihr in die Augen. »Du nimmst das alles ganz schön leicht, meinst du nicht?«

»Haben wir denn eine andere Wahl?«, fragte sie. »Ich hab mir diese Dinger auf meinem Arm genauso wenig gewünscht wie du. Jetzt müssen wir uns nun mal damit abfinden.«

Chris hatte seine letzte Toastscheibe aufgegessen. »Wir könnten versuchen, ihn mit Futter anzulocken. Ich müsste nur noch mal in die Speisekammer und –«

Strafende Blicke aus drei Augenpaaren brachten ihn zum Schweigen.

»War ja nur ein Vorschlag«, murmelte er grinsend.

Nils zuckte mit den Achseln, dann schloss er sich den anderen an. Kyra hatte Recht: Ihnen blieb keine

Wahl. Sie waren den Siegeln auf Gedeih und Verderb ausgeliefert.

Durch die Eingangshalle liefen sie hinaus ins Freie. Der Vorplatz, den der hufeisenförmige Bau des Kerkerhofs umschloss, war mit weißem Kies ausgelegt. Die Steine knirschten unter den Füßen der Kinder. Auf der offenen Seite des Vorplatzes erstreckte sich das Panorama der Hügellandschaft, in die Giebelstein und seine Umgebung eingebettet lagen. Ein kühler Wind wehte von den Weiden und Feldern herüber.

Die Kinder blickten an dem Gebäude hinauf. Die Dächer des Kerkerhofs waren wie ein Labyrinth – zahlreiche Giebel stachen wie umgedrehte Nasen aus den Schrägen, es gab kleine Türme und eine Unzahl von Kaminschloten, manche von gewöhnlicher Größe, andere so breit wie ein Mammutbaum.

»Könnt ihr irgendwas sehen?«, fragte Chris. Ein Windstoß wirbelte ihm schwarze Haarsträhnen ins Gesicht. Lisa fand, dass ihn das ziemlich verwegen aussehen ließ.

Kyras Blick streifte angestrengt über jeden Dachfirst. Auch sie konnte nichts entdecken. »Fehlanzeige«, murmelte sie.

Ausgerechnet Nils war es, der ihr widersprach. »Wartet! Seht mal da drüben.« Er deutete mit ausgestrecktem Arm auf das Dach des Südflügels.

»Was meinst du?«, fragte Lisa.

»Schau ganz genau hin. Da vorne, ungefähr zehn Meter neben der Satellitenschüssel.«

Jetzt sahen sie es alle. Aber keiner konnte ganz genau erkennen, um was es sich handelte.

Über dem Rand eines Dachfirstes schaute etwas hervor, was aus der Entfernung aussah wie ein Haufen schwarzer Wolle. Offenbar gab es dort eine Vertiefung im Gewirr der Dächer, die mit irgendetwas ausgefüllt war – es sah ein wenig aus wie der Kabelsalat hinter Kyras Stereoanlage.

»Glaubt ihr, das ist es?«, fragte Lisa. Ihr wäre es lieber gewesen, sie hätten nichts gefunden. Vielleicht hätte sich dann ja wirklich alles als Traum herausgestellt. Dafür hätte sie sogar die Blamage in Kauf genommen.

»Bestimmt«, meinte Chris. »Oder haben eure Eltern da oben so was wie 'ne illegale Müllhalde angelegt?«

»Natürlich nicht«, gab Nils empört zurück.

Kyra blinzelte, in der Hoffnung, dadurch Genaueres zu erkennen. »Zu weit weg«, murmelte sie.

»An der Stelle treffen mehrere Dächer aufeinander«, sagte Nils. »Es sieht aus wie ein kleiner Innenhof mitten im Dach, nur dass er nicht bis zum Boden hinunterreicht.«

»Einen besseren Nistplatz kann sich das Mistvieh gar nicht wünschen«, folgerte Kyra.

»Hat schon mal einer von euch überlegt, dass es ein echter Storch sein könnte?«, fragte Chris. »Ich meine, schwarze Störche sind selten, aber trotzdem gibt es welche. Ich hab schon Fotos davon gesehen.«

Kyra hob eine Augenbraue. »Waren auf den Fotos

auch Geister mit Dämonenmasken, die rund um den Storch einen Reigen tanzten?«

»Vielleicht ist der Storch nur aus Versehen in diesen Ball hineingeraten.«

»So wie du vorletzte Nacht in die Speisekammer?«, fragte Kyra und grinste. »Solltet ihr etwa *alle beide* Schlafwandler sein?«

Chris verzog das Gesicht und schwieg.

»Hat jemand einen vernünftigen Vorschlag, was wir jetzt unternehmen könnten?«, fragte Nils.

»Hm«, machte Kyra nachdenklich. »Ich würde mir das da oben ganz gern mal aus der Nähe ansehen.«

Chris verdrehte die Augen. »Ich wusste, dass du das sagen würdest.«

»Nicht wahr?« Kyra schenkte ihm ihr strahlendstes Lächeln. »So was nennt man Gedankenübertragung.«

Lisa zögerte. »Ich weiß nicht ... Ich meine, ich hab dieses Vieh gesehen und es sah ziemlich gefährlich aus.«

»Eben«, sagte Kyra. »Und wenn wir nichts dagegen unternehmen, wird es ziemlich gefährlich *werden*.«

Nils nickte. »Zum Beispiel, wenn man sich in der Nähe seines Nests herumtreibt. Was, wenn es Eier gelegt hat? Es wird nicht glücklich sein, wenn wir seiner Brut zu nahe kommen.«

»Ich habe noch nie von Dämonen gehört, die Eier legen«, entgegnete Kyra.

»Und ich noch nie von welchen, die wie Störche aussehen und Nester bauen«, gab Nils zurück.

»Eins zu eins«, sagte Chris und beendete die Diskussion. »Wir stimmen ab. Wer ist dafür, aufs Dach zu klettern?«

Er und Kyra hoben die Hände und kurz darauf, mit sichtlichem Widerwillen, folgte Lisa ihrem Beispiel.

Nils fühlte sich prompt von seiner Schwester hintergangen. »Aber gerade hast du noch gesagt, dass –«

»Dass es gefährlich ist, ja. Und dass ich Angst habe. Aber glaubst du wirklich, ich schlafe noch eine Nacht in diesem Haus, wenn dieses ... dieses Ding da oben sitzt?«

Nils seufzte. »Wir sollten ein Fernglas mitnehmen. Und, ähem, vielleicht Messer oder so was in der Art.«

»Schwerter«, sagte Kyra.

»Maschinengewehre«, meinte Chris.

»Dynamit«, ergänzte Lisa.

Nils hob beide Hände und gab sich geschlagen. »Okay, okay ... Aber das Fernglas hole ich trotzdem.«

Wenig später, nachdem Nils den Feldstecher seines Vaters aus dessen Arbeitszimmer besorgt hatte, schlichen sie eines der drei Treppenhäuser hinauf, die zum Dachboden führten. Die Stufen endeten auf einer Brüstung mit hölzernem Geländer. Von dort aus zweigten drei Türen in verschiedene Speicherräume ab; die meisten standen leer.

»Wie kommen wir am schnellsten aufs Dach?«, fragte Chris.

Nils deutete über ihre Köpfe zur Decke. Dort befand sich eine quadratische Luke, an deren Verschluss ein faustgroßes Vorhängeschloss baumelte.

»Mist!«, fluchte Kyra.

Nils hielt plötzlich etwas Silbernes in der Hand, das er klimpernd vor Kyras Gesicht baumeln ließ – einen Schlüsselbund.

»Ich hab nicht nur das Fernglas aus dem Zimmer meines Vaters geholt«, sagte er mit listigem Grinsen.

Kyra atmete auf. »Gut gemacht.«

Chris hatte derweil eine hohe Klappleiter herbeigeschafft, die neben einer Tür an der Wand gelehnt hatte. In Windeseile war sie aufgebaut und Chris hinaufgeklettert.

»Welcher ist es?«, fragte er, als Nils ihm den Schlüsselbund reichte.

»Keine Ahnung. Ich schlag vor, du probierst einfach alle aus.«

Chris kletterte zur Spitze der Leiter und musste freihändig auf der oberen Sprosse balancieren, um die Schlüssel der Reihe nach in das Vorhängeschloss zu stecken. Die Leiter stand nur einen Meter von der Brüstung entfernt, hinter deren Geländer der Abgrund des Treppenhauses gähnte. Chris wirkte nach außen hin ruhig, doch wenn man genau hinsah, konnte man die Schweißtropfen auf seiner Stirn sehen. Ihm war keineswegs wohl in seiner Haut.

»Was, wenn der Storch uns hört?«, fragte Lisa plötzlich.

»Tagsüber schläft er«, meinte Nils.

»Wer sagt das?«

Nils hob die Schultern. »Nur 'ne Vermutung.«

»Sehr beruhigend.«

Da zischte Chris von oben: »Ich hab ihn.« Und schon sprang der Stahlbügel des Schlosses auf. Mit einem Blick herab zu seinen Freunden vergewisserte er sich, dass alle seine Entschlossenheit teilten. Dann presste er die Luke mit einem Keuchen nach außen. Die rostigen Scharniere verursachten ein schrilles Kreischen, das bis nach Giebelstein zu hören sein musste.

»Jetzt weiß er, dass wir kommen«, maulte Nils verdrossen.

Lisa lächelte schief. »Ich denke, er schläft? Waren das nicht die Worte des großen Meisters persönlich?«

»Dann ist er jetzt eben aufgewacht«, gab Nils gereizt zurück.

Kyra hatte die Nase voll vom Gezänk der Geschwister. Es war immer dasselbe mit den beiden: insgeheim ein Herz und eine Seele, aber nach außen hin wie Katz und Maus. Ein wenig war es so wie zwischen ihr und Chris – nur dass sie niemals wirklich böse aufeinander wurden. Keilereien wie bei Lisa und Nils gab es zwischen ihnen nicht. Eher verlegene Blicke, wenn einer von ihnen merkte, dass er im Unrecht war, und sich schämte, seine Niederlage einzugestehen.

Tageslicht ergoss sich von oben über Chris. Ein helles Viereck leuchtete über seinem Kopf wie der

Rumpf einer fliegenden Untertasse. Die Luke zum Dach stand offen. Ein scharfer Windstoß wehte von außen herein.

»Na dann …«, flüsterte Chris und hangelte sich geschickt durch die Öffnung. Sekunden später kniete er außen am Rand der Luke und streckte den anderen beide Hände entgegen.

»Scheint sicher zu sein hier oben«, rief er mit gedämpfter Stimme.

Lisa atmete tief durch. »Okay, ich geh als Nächste.«

Nils' Wut verrauchte auf der Stelle. Er kletterte hinter seiner jüngeren Schwester her und hielt sie fest, bis sie mit Chris' Hilfe hinaus aufs Dach geschlüpft war.

»Kyra, komm! Jetzt du!«, rief er dann hinunter.

Kyra aber schüttelte den Kopf. »Kletter du zuerst. Ich komme nach.«

»Soll ich dich nicht festhalten?«

»Nur weil wir Mädchen kleiner sind als ihr Jungs, heißt das nicht, dass wir alle unter Höhenangst leiden.«

Lisa kicherte leise über ihren Köpfen.

»Wie du meinst«, knurrte Nils, warf Kyra aber noch einen besorgten Blick zu und zog sich dann ins Freie. Er hatte sich kaum mit dem Rücken zur Luke aufgerichtet, als Kyra schon hinter ihm herkletterte. Schließlich standen alle auf dem Dach des Treppenhauses und schauten sich um.

Die Dächer des Kerkerhofs waren wie eine Landschaft aus künstlichen Hügeln und Tälern. Hier

oben wirkte das unübersichtliche Auf und Ab der Dachziegelschrägen noch beeindruckender als vom Boden aus. Der Rand des Daches war von hier aus nicht zu sehen, so weitläufig waren die Giebel, Türmchen und Firste des Hotels. Alles war mit einem Teppich aus dunklem Moos überwuchert, überall klebten Vogelkot und die Überreste kleiner Nester. Für Tauben und ihre Artgenossen mussten diese Dächer ein Paradies sein. Jetzt aber zeigte sich kein einziger Vogel. Auch das Pfeifen und Trillern, das sonst um diese Jahreszeit in der Luft lag, war verstummt.

Die Anwesenheit des schwarzen Storches hatte alle anderen Vögel in die Flucht geschlagen. Wieder musste Kyra sich ins Gedächtnis rufen, dass es sich bei dem Storch nicht wirklich um ein Tier handelte. Er war ein Dämon aus den Tiefen der Hölle; mit einem Vogel verband ihn so viel wie einen Mörderhai mit einem harmlosen Goldfisch.

»In welcher Richtung liegt das Nest?«, fragte Kyra.

»Wenn es überhaupt ein Nest ist«, gab Nils zu bedenken.

Lisa deutete geradeaus. »Da vorne. Wenn wir diese Schräge hinaufklettern, müssten wir die Satellitenschüssel sehen können. Von dort aus sind es nur noch ein paar Meter.«

Sie erklommen das Dach, auf das Lisa gezeigt hatte, und tatsächlich konnten sie in einiger Entfernung die schimmernde Schüssel erkennen. Das schwarze

Knäuel, das sie von unten gesehen hatten, lag jedoch hinter einer weiteren Schräge verborgen. Zum Leidwesen aller mussten sie noch näher heran.

»Jetzt keinen Laut mehr«, wisperte Chris. Als ob ihnen das nicht auch so klar gewesen wäre!

Sie passierten die große Satellitenschüssel. Der runde Metallschirm überragte die Kinder um Haupteslänge. Falls sich dahinter jemand versteckte ... aber nein, niemand war da. Kein schwarzer Storch. Kein Dämon.

Vorsichtig kletterten sie an der nächsten Schräge empor. Sie war steiler als die erste und noch dicker mit glitschigem Moos überwuchert. Kyra wäre einmal fast abgerutscht, aber Chris hielt sie im letzten Moment am Arm fest. Sie schenkte ihm ein dankbares Lächeln – sie spürte selbst, dass es ziemlich gequält wirken musste –, dann kletterte sie weiter.

Sie erreichten den Dachfirst alle zur gleichen Zeit. In einer Reihe kauerten sie hinter der Kante und starrten auf der anderen Seite die Schräge hinunter.

Nils behielt Recht. An dieser Stelle vereinigten sich einige Dächer und bildeten eine Art Tal aus Schieferschindeln. Es sah aus wie ein eckiger Trichter, der mehrere Meter tief ins Gefüge des Dachs hinabreichte.

Den Kindern stockte der Atem. Kyra krallte sich fester mit beiden Händen an den Dachgiebel. Ihre Fingernägel verursachten auf dem Schiefer ein quietschendes Geräusch, das in ihren Ohrenschmerzte.

Die Senke war mit einem Wirrwarr schwarzer Zweige ausgepolstert. Das Nest eines Riesenvogels, keine Frage. Von einem Rand zum anderen maß es mindestens sechs Meter.

Kyra erinnerte der Anblick an die Geschichte von Sindbad und dem Vogel Ruch. Spätestens die Entdeckung des Nests zerstreute alle ihre Zweifel an der Gefährlichkeit ihres Gegners.

Die Äste, aus denen es erbaut war, stammten nicht von irdischen Bäumen. Sie waren rabenschwarz und glänzten wie Stahlrohre. Ihre Oberfläche war übersät mit Dornen, so lang und spitz wie Sarazenendolche. Eine Kreatur, die sich hier wohl fühlte, konnte nicht von dieser Welt sein. Zugleich waren die Dornen eine nützliche Abwehr gegen alle Feinde. Es war schier unmöglich, in das Nest hineinzuklettern, ohne sich an einem der Stacheln aufzuspießen.

Der schwarze Storch war ausgeflogen. Sein Nest war leer. Oder nein, nicht völlig leer. In seiner Mitte lag etwas, eingebettet in schimmernde Dornenranken.

Vier Eier. Schwarz und spiegelnd wie flüssiger Teer. Jedes so groß wie ein Schäferhund.

»Das darf doch nicht ...«, entfuhr es Chris voller Entsetzen, aber er führte den Satz nicht zu Ende. Das Grauen verschlug ihm die Sprache.

Nils fingerte an seinem Fernglas und hielt es sich vor die Augen. Seine Hände zitterten.

Kyra beobachtete ihn. »Sehen die Dinger von nahem irgendwie anders aus?«

»Größer«, erwiderte er spröde. »Darum nennt man es Vergrößerungsglas.«

Chris schmunzelte, mehr noch, als er Kyras sauertöpfische Miene sah.

Sie wollte etwas erwidern, doch im selben Moment entdeckte sie etwas aus ihrem Augenwinkel. Etwas Großes. Hinter ihnen!

Die Satellitenschüssel!, raste es ihr durch den Kopf. Mach dich nicht verrückt!

Aber der riesige Umriss in ihrem Rücken bewegte sich plötzlich und ein lautes Flattern ertönte. Die Kinder wurden von einem heftigen Luftzug ergriffen, der sie fast von der Schräge fortriss.

Der schwarze Storch stand aufrecht auf dem Rand der Schüssel und spreizte seine Schwingen. Er war noch größer als in Lisas Erinnerung und viel größer, als die anderen es erwartet hatten.

Seine leeren weißen Augen glitzerten verschlagen auf die Kinder herab. Das schwarze Gefieder war gesträubt vor Zorn. Die gewaltigen Schwingen, groß und gespreizt wie die Torflügel einer Kathedrale, vibrierten im Wind. Der Sog, den ihr Öffnen verursacht hatte, ebbte schlagartig ab.

Sein Schnabel sauste herab wie eine blutrote Sense.

# Gejagt!

Kyra packte Chris an der Schulter. Riss ihn zur Seite.

Dort, wo er eben noch gelegen hatte, schmetterte der Schnabel durch Schiefer und Balken. Zersplitternde Dachziegel explodierten in alle Richtungen, Staub und Moosfasern spritzten auseinander.

Einen Augenblick lang blieb der Schnabel stecken.

Es waren diese drei, vier Sekunden, in denen den Freunden die Flucht gelang. Geistesgegenwärtig schlitterten sie rückwärts die Schräge hinab, halb unter Schock, halb vom Mut der Verzweiflung getrieben.

Sie erreichten den ebenen Grund am Fuß der Satellitenschüssel. Keiner wagte, zu dem schwarzen Storch emporzublicken. Majestätisch thronte er hoch über ihnen und befreite mit einem schrillen Schrei seinen Schnabel. Seine Schwingen schlugen vor und zurück. Windstöße peitschten das Dach wie ein heftiger Sturm.

Tobend vor Wut stieg die Bestie in den Himmel und beobachtete aus der Höhe ihre flüchtenden Opfer.

»Wohin?«, brüllte Chris, der immer noch mit der Gewissheit kämpfte, nur um Haaresbreite dem Tod entronnen zu sein.

»Weiter ... hier, in diese Richtung«, stammelte Lisa.

»Schneller!«, rief Nils außer Atem. »Er ist über uns!«

Kyra konnte nicht anders – sie schaute hoch zum Himmel.

Die Kreatur schoss auf sie herab wie ein Kampfflugzeug in einem alten Kriegsfilm – mit dem glücklichen Unterschied, dass es nicht aus Maschinengewehren auf sie feuerte. Doch der Gedanke, wie ein Stück Schaschlik aufgespießt zu werden, war kaum angenehmer. In ihrer Vorstellung konnte Kyra den scharfen Schnabel schon in ihrem Rücken spüren.

»Nach links!«, schrie sie mit überschnappender Stimme.

Die anderen gehorchten instinktiv. Zumindest Lisa rettete dies das Leben. Der rote Schnabel schoss an ihr vorüber. Stattdessen wurde sie von einer der Schwingen gestreift, von den Füßen gerissen und mehrere Meter weit zur Seite geschleudert.

Nils und Chris rissen sie gemeinsam an den Armen hoch und erkannten erleichtert, dass sie immer noch laufen konnte. Wie durch ein Wunder hatte der mächtige Flügel keinen ihrer Knochen gebrochen.

Während der Storch eine weite Schleife flog, um schließlich erneut auf die Kinder herabzustoßen, erklommen die Freunde die letzte Schräge. Auf der anderen Seite ließen sie sich kurzerhand hinunterpurzeln. Chris glitt über den Rand der Dachluke und verschwand in der Tiefe. Sie hörten es poltern, als er im Sturz die Leiter umriss. Immerhin bremste das seinen Fall.

Kyra zögerte nicht, sprang blindlings hinterher. Lieber ein paar Prellungen als ein Loch im Bauch! Beinahe zu spät fiel ihr ein, wie nah die Luke am bodenlosen Abgrund des Treppenhauses lag. Im Sturz sah sie die Brüstung näher kommen, landete dann aber krachend auf der sicheren Seite.

Als Nächstes folgte Lisa. Chris versuchte, sie aufzufangen, und wurde dabei halb unter ihr begraben. Keuchend rappelten die beiden sich hoch, starrten gemeinsam mit Kyra zur Öffnung hinauf.

Wo blieb Nils?

»Nils!«, brüllten sie im Chor. Immer wieder seinen Namen.

Aber Nils gab keine Antwort.

Fast eine halbe Minute verging. Angst und Ungewissheit wurden unerträglich. Dann verdunkelte ein schwarzer Schatten die Luke, als der Teufelsstorch im Sturzflug darüber hinwegschoss.

Sekunden später glitt Nils durch das Loch. Sein Sprung wurde von den anderen abgebremst.

»Er ... er kam plötzlich ... näher«, stammelte er und schnappte nach Luft. »Musste ausweichen ... deshalb erst jetzt ...«

»Schon gut«, beruhigte Kyra ihn sanft und tätschelte seine Schulter. »Kommt jetzt, wir müssen die Treppe runter!«

Als wollte er ihre Worte unterstreichen, fuhr im gleichen Moment der Kopf des Dämons durch die Luke. Die Schnabelkiefer klappten auseinander, schnappten nur einen Fingerbreit über den Köpfen der Freunde wieder zusammen. Gelähmt wie in einem Albtraum sah Kyra zu, wie einige ihrer Haarspitzen vor ihrem Gesicht zu Boden rieselten; der Schnabel hatte sie abrasiert wie zwei riesenhafte Scherenblätter.

Die Kinder tauchten schreiend unter dem tobenden Schnabel hinweg und stolperten die Treppe hinunter. Kyra sah noch, dass der Storch versuchte, sich durch die Luke zu zwängen, dann achtete sie nur noch auf ihre Füße auf den Stufen. Wenn sie jetzt stolperte, sich vielleicht ein Bein brach ... Nein, besser gar nicht erst an so was denken!

Sie kamen im zweiten Stock an, als über ihnen ein Poltern ertönte. Der Dämon war jetzt im Treppenhaus. Sie konnten die schabenden Schritte seiner Krallen hören.

Er folgte ihnen.

Noch einmal blickte Kyra zurück und sah, wie die Kreatur mit einem gewaltigen Satz den oberen Teil der Treppe hinabsprang, auf der Zwischenetage nicht genug Halt fand und mit voller Wucht gegen die Wand krachte. Ein schriller Aufschrei drang aus dem aufgerissenen Schnabel. Kyra konnte die Wut der Bestie in ihren eigenen Gedanken spüren – das Wesen strahlte seinen Zorn aus wie ein Feuer seine Hitze.

»Hier entlang!«, rief Nils und riss den Flügel einer Doppeltür auf. Sie führte auf den Hauptkorridor des zweiten Stockwerks.

Die Kinder sprangen hindurch. Chris warf die Tür

gerade hinter sich ins Schloss, als der Storch von außen dagegen prallte. Ein gezackter Riss erschien wie ein Blitz im Holz der Tür.

»Weiter!«, brüllte Kyra. »*Weiter!*«

Erneut warf sich der Dämon gegen die Tür. Die Benutzung einer Klinke schien ihm fremd zu sein. Aber es war nur eine Frage der Zeit, bis er den Mechanismus durchschauen oder aber die Tür kurzerhand in Stücke hacken würde.

Die Freunde rannten den Korridor entlang, erreichten eine Verbindungstür und schleuderten auch diese hinter sich ins Schloss.

»Wohin ... laufen ... wir?«, brachte Chris mühsam hervor. Ihnen allen ging allmählich die Luft aus.

Kyra hatte immer geglaubt, wenn man um sein Leben läuft, wecke das ungeahnte Kräfte in einem. Aber das stimmte nicht; sie alle ermüdeten doppelt so schnell wie sonst. Der Gedanke daran, was ihnen bevorstand, wenn der Dämon sie einholen würde, raubte ihnen die letzte Kraft.

»Wir müssen uns verstecken«, rief Lisa.

In der Ferne barst die Tür des Treppenhauses. Nur Sekunden später erbebte auch die Verbindungstür unter den blindwütigen Attacken des Storches. Auf seinen langen Beinen war er viel schneller als die Kinder.

»In diese Richtung«, wies Nils sie an, als sie eine Kreuzung erreichten.

Noch eine Verbindungstür. Ein weiterer Aufschub. Schließlich gelangten sie in ein anderes Treppenhaus. Es war viel enger als das erste; früher hatte es wohl als Dienstbotenaufgang gedient.

Stolpernd eilten sie hinunter in den ersten Stock und von dort aus ins Erdgeschoss.

»Wir könnten uns in einem der Kühlhäuser verstecken«, schlug Nils mit gehetzter Stimme vor. »Das Hotel hat drei, aber nur eines ist in Betrieb. Die anderen beiden stehen leer. Auf die Stahltüren kann das Vieh einhacken, bis sein Schnabel aussieht wie 'ne Ziehharmonika.«

Alle fanden, das sei ein guter Vorschlag – zumal es der einzige war. Niemand hatte eine bessere Idee, auch wenn Kyra die Vorstellung, in einem Kühlhaus eingesperrt zu sein, überhaupt nicht gefiel. Wie sollten sie feststellen, ob draußen die Luft wieder rein war? Und hatte ein Dämon nicht alle Zeit der Welt? Er konnte Jahre vor der Tür stehen bleiben, bis ihre verhungerten Leiber längst zu Staub zerfallen waren.

Egal. Sie hatten keine Zeit, alle Möglichkeiten durchzuspielen. Im Augenblick ging es nur darum, ihre Haut zu retten.

Über ihnen, weiter oben im Treppenhaus, ertönte das Kratzen der Vogelkrallen auf Parkettboden.

Kyra und Chris folgten den Geschwistern in die ausgestorbene Großküche des Hotels. Der Raum war mit weißen Kacheln ausgekleidet. Auf Kyra wirkte er wie die Kellergeschosse der Polizeistationen im Fernsehen, jene Orte, an denen Männer in weißen Kitteln die Leichen der Ermordeten aufschneiden und dabei immer ihre Pausenbrote essen.

Die Metalloberflächen der Tische und Anrichten schimmerten silbrig. Von Abzugshauben und Regalen baumelten zahllose Töpfe, Kellen und Löffel. Als die Kinder die Tür aufrissen, brachte der Luftzug die Geräte zum Schaukeln. Einige schlugen gegeneinander und verursachten Geräusche wie ein Windglockenspiel, leises Stahlgeflüster.

Der Dämon tobte hinter ihnen durch den Korridor, keine zwanzig Meter mehr entfernt. Und er kam näher, immer näher.

»Los, schneller, schneller!«, feuerte Nils die anderen an und rannte voraus.

Die drei Kühlräume lagen nebeneinander, drei große Stahltüren, die mithilfe großer Räder wie U-Boot-Luken geöffnet und geschlossen wurden.

»Welche sind abgeschaltet?«, fragte Lisa mit Panik in der Stimme.

Nils zögerte. »Ich weiß nicht ...«

Allen war klar, dass keine Zeit blieb, jede der drei Türen auszuprobieren. Sie mussten sich für eine entscheiden, auf der Stelle, und hinter ihr würden sie sich verkriechen müssen, selbst wenn dort zehn Grad unter null herrschten.

Nils stand immer noch unentschlossen da und starrte die drei Türen an.

Der Dämon konnte jeden Moment die Küche erreichen.

Kyra drängte Nils beiseite und machte sich am erstbesten Türrad zu schaffen. Das Stahltor schwang nach innen.

»Alle rein! Beeilt euch!«

Es *war* kalt in dem Raum, aber seine Regale standen leer. Als Kyra die Tür hinter ihnen zuwarf und am Rad drehte, spürte sie erleichtert, dass die Kälte hier drinnen nicht künstlich erzeugt wurde. Ja, es war kühl, aber nur weil es hier keine Heizung gab. Die Temperatur lag über dem Gefrierpunkt.

Ein hohes, geisterhaftes Kreischen ertönte, fast bis zur Unhörbarkeit gedämpft durch das Stahlschott. Die Tür erbebte unter mehreren heftigen Anstürmen der Kreatur, bis das Wesen endlich einsah, dass es so nicht an die Kinder herankam.

»Was, wenn das Mistvieh durch Türen gehen kann?«, fragte Lisa sehr leise. »Oder durch Wände?«

Kyra erschrak. Wenn sie ehrlich war, hatte sie daran bislang keinen einzigen Gedanken verschwendet. Sie sah Chris und Nils an, dass es ihnen genauso ging. Die beiden Jungs blickten äußerst unglücklich drein.

»Wenn der Dämon durch Wände gehen könnte«, sagte Kyra schließlich, »hätte er die Türen in den anderen Stockwerken nicht zerstören müssen.«

»Unsere Eltern werden verdammt sauer sein«, prophezeite Nils.

Chris grinste bitter. »Wenn du Glück hast, sind wir alle nicht mehr da, um es zu erleben.«

»Witzig«, bemerkte Lisa böse.

Nils überlegte bereits weiter. »Was, wenn er einfach nur Spaß an der Zerstörung hat? Vielleicht steht er gerade da draußen und versucht irgendwelchen magischen Firlefanz – und, schwupps!, geht die Tür von selbst auf.«

»Vielen Dank«, schnappte Lisa. »Wirklich vielen, vielen Dank.«

»Hört auf herumzuspinnen«, sagte Kyra gereizt. »Das hilft uns auch nicht weiter. Erst mal müssen wir sehen, dass wir irgendwie wieder hier rauskommen.«

Nils schnaubte. »Wir könnten das Vieh höflich darum bitten.«

»Wir könnten es bitten, sich mit einem von uns zufrieden zu geben«, entgegnete Chris und funkelte Nils gereizt an.

»Im Ernst«, sagte Kyra, »ich glaube, ich hab eine Idee.«

»Und die wäre?«

Kyra strich sich nervös rote Strähnen aus der Stirn. »Überlegt doch mal. Warum ist der Dämon überhaupt hier aufgetaucht?«

»Die Sieben Siegel haben ihn angelockt«, meinte Lisa, »das ist doch klar.«

»Haben sie das? Bist du dir da ganz sicher?«

Chris runzelte die Stirn. »Wie meinst du das?«

Ein Lächeln huschte über Kyras Züge. »Etwas an dieser ganzen Sache passt nicht zusammen.«

»Und das wäre?«

»Na ja, wenn der Dämon allein hier wäre, hätte ich auch keine Zweifel, dass er es nur wegen der Siegel auf uns abgesehen hat. Aber was ist mit den Geistern, die Lisa heute Nacht gesehen hat? Sie hat gesagt, sie hätten sie nicht einmal wahrgenommen. Das stimmt doch, oder?«

Lisa nickte. »Stimmt. Abgesehen von den Butlern, die mir die Tür geöffnet haben.«

Kyra ließ sich davon nicht beirren. »Vielleicht sahen sie einen der Geister hereinkommen. Oder ein anderer wollte die Halle verlassen.«

Lisa hob die Schultern. »Kann schon sein.«

»Wenn also die Geister dich nicht wahrgenommen haben, sind sie nicht wegen uns oder der Siegel hier – sonst hätten sie dich angegriffen.«

»Die Mühe hat ihnen doch der Storch abgenommen«, gab Nils zu bedenken.

»Augenblick, zu dem Storch komme ich gleich. Zuerst die Geister: Wenn sie nicht wegen uns hier sind, müssen sie einen anderen Grund haben. Irgendwas, was in der Vergangenheit dieses Gebäudes vorgefallen ist.«

Die anderen blickten sich an. Was Kyra sagte, klang einleuchtend.

Kyra sprach weiter: »So wie Lisa die Kleidung dieser Leute beschrieben hat, scheinen sie zu einer Zeit gelebt zu haben, die schon ein paar hundert Jahre zurückliegt, also bevor dieses Gemäuer ein Hotel war, ja sogar noch vor der Irrenanstalt.«

»Und?«, fragte Chris.

»Zuerst war der Kerkerhof doch das Schloss eines Adligen, oder?«

»Stimmt«, sagte Nils.

»Wisst ihr mehr über den Kerl?«

Nils überlegte. »Er war Baron. Ja, Baron Moorland hieß er oder so ähnlich.«

»Moorstein«, verbesserte ihn Lisa. »Als unser Großvater noch lebte, hat er uns mal von ihm erzählt. Großvater war einer von diesen Leuten, die ganz versessen darauf sind, alles über das Haus zu erfahren, in dem sie leben. Er wusste alles über den Kerkerhof, hat sogar Buch darüber geführt und Stammbäume gezeichnet ... na ja, all so 'n Zeug eben. Nils und ich waren damals noch ziemlich klein. Aber ich kann mich noch genau erinnern, dass der Name des Barons Moorstein war. Muss ein ziemlicher Einsiedler gewesen sein. Er lebte hier völlig zurückgezogen, inmitten tausender von Büchern.«

Kyra nickte erneut, als bestätige das all ihre Theorien. »Lasst mich raten: Es gab Gerüchte, dass dieser Baron mit dem Teufel im Bunde stand, nicht wahr?«

Nils winkte ab. »Ach, komm ... Das haben wir schon im Geschichtsunterricht gelernt. Während der Hexenverfolgung galt jeder als Teufelsanbeter, der sich auf irgendeine Weise von den anderen Leuten abgeschottet hat. Vielleicht wollte der Baron nur seine Ruhe haben.«

»Ja, vielleicht«, bestätigte Kyra. »Aber was, wenn er in Wahrheit ein Geisterbeschwörer war, der sich hierher zurückgezogen hat?«

»Selbst wenn«, sagte Lisa. »Dieser Baron Moorstein ist seit mehr als zweihundert Jahren tot. Und es war schließlich nicht *sein* Geist, den ich gesehen habe.«

Kyra stimmte zu. »Ich glaube, es waren überhaupt keine Geister von Menschen, die du gesehen hast – sondern die Geister von Dämonen!«

»Gibt's denn so was?«, fragte Chris erstaunt.

»Warum nicht?« Das war keine wirkliche Antwort auf seine Frage, aber immerhin hielt es ihn davon ab weiterzubohren. Kyra fuhr fort: »Das passt sogar zu dem, was euch euer Großvater erzählt hat – denn was für eine Ballgesellschaft sollte hier schon rumspuken, wenn der Baron nie eine Menschenseele eingeladen hat?«

»Sagen wir, du hättest Recht. Was hat das alles mit dem Storch zu tun?«

Kyra seufzte. »Wenn ich das wüsste. Ich vermute, dass Baron Moorstein die Dämonen im Ballsaal heraufbeschworen hat. Mit ziemlicher Sicherheit waren es niedere Kreaturen, die jeder drittklassige Hexenmeister hätte herbeizitieren können – im Gegensatz zu unserem Freund draußen vor der Tür. Er scheint von ganz anderem Kaliber zu sein.«

»Und?« Chris verstand immer noch nicht, auf was sie hinauswollte.

»Ich weiß nicht, wie der Storch, der Baron und dieser Dämonenball miteinander in Verbindung stehen – aber ich schätze, dass wir das Mistvieh nur loswerden können, wenn wir mehr über die Zusammenhänge herausfinden.«

»Besser als nichts«, meinte Chris zustimmend.

Lisa nickte. »Find ich auch.«

»Ihr habt gesagt, euer Großvater hat die Ergebnisse seiner Forschungen aufgeschrieben«, sagte Kyra. »Gibt es diese Aufzeichnungen noch?«

»Müsste es eigentlich«, erwiderte Nils.

»Und wo?«

»Falls überhaupt, dann in der Bibliothek«, platzte Lisa heraus. Kyras Tatendrang hatte sie angesteckt.

Kyra dachte nach. »Die Bibliothek ist doch im Erdgeschoss des Nordflügels, oder? Das ist gut, dann müssen wir keine Treppen hochlaufen. Wenn wir schnell genug sind –«

»Wird der Storch uns trotzdem schnappen«, fiel Nils ihr ins Wort. »Der wartet doch nur darauf, dass wir hierraus gehen.«

Chris holte tief Luft. »Das käme auf einen Versuch an.«

Nils bekam große Augen. »Ich muss verrückt sein, mit euch überhaupt über so was zu sprechen.«

Wieder dachte Kyra, dass die Siegel Nils in seinem einstigen Wagemut ganz schön gebremst hatten. Er war so schrecklich vernünftig geworden. Zugleich fragte sie sich, welche Veränderung die Male bei ihr selbst bewirkten. Gab es überhaupt eine? Falls ja, war sie die Einzige, der diese Wandlung nicht auffiel?

Und was war mit Chris und Lisa? Welche Wirkung hatten die Siegel auf die beiden? Vielleicht würde die Zeit ihnen darauf eine Antwort geben.

»Wir haben keine andere Wahl«, sagte Kyra schließlich.

Chris nickte. »Ich glaube auch, dass es das Risiko wert ist. Ansonsten verhungern wir hier drinnen.«

»Was für dich sicherlich das Schlimmste wäre«, stichelte Nils. »Aber was soll's ... Vielleicht habt ihr ja Recht. Ich bin dabei.«

Chris schaute Lisa an. »Und was ist mit dir?«

»Ich bin ziemlich gut darin, fremde Handschriften zu entziffern«, sagte sie mit nervösem Lächeln. »Wie's aussieht, bleibt mir also gar nichts anderes übrig, als mitzukommen.«

Kyra schenkte ihr ein aufmunterndes Grinsen, dann wandte sie sich zur Tür. Sie legte einen Finger an die Lippen und bedeutete damit den anderen zu schweigen. Angestrengt lauschte sie nach draußen.

Kein Ton war zu hören.

»Glaubst du wirklich, er ist weg?«, fragte Lisa.

Kyra sagte das Erstbeste, das ihr einfiel: »Immerhin hat er ein Nest, auf das er aufpassen muss.«

Die Zweifel auf den Gesichtern der anderen verrieten deutlich, dass sie das für ein ziemlich schwaches Argument hielten.

»Alle fertig?«, fragte Kyra und legte die Hände an das Schließrad der Tür. »Dann los!«

Mit diesen Worten öffnete sie das Stahlschott.

# *Die Bibliothek*

Auf den ersten Blick schien die Küche leer zu sein.

Der riesige Raum, fünfzehn mal fünfzehn Meter groß, lag still und verlassen da. Nur einige der Kellen und Töpfe schaukelten leicht in ihren Halterungen. Es war noch nicht lange her, dass jemand an ihnen vorübergegangen war.

Chris schaute über Kyras Schulter durch den Türspalt.

»Sieht gut aus«, flüsterte er den Geschwistern hinter seinem Rücken zu.

»Ja«, meinte Nils verdrießlich, »so wie auf dem Dach.«

Sie schoben sich hintereinander nach draußen. Noch immer griff niemand sie an. Kyra hielt es für unwahrscheinlich, dass sich der Dämon hinter einer der hölzernen Anrichten versteckte. Er war schlichtweg zu groß dafür.

Ihr Blick raste zur hohen Decke.

Ausatmen. Auch dort oben schwebte kein schwarzer Riesenvogel.

Nils ging vor dem Schott in die Hocke. Seine Fingerspitzen strichen über die Marmorfliesen.

»Auf jeden Fall haben wir uns das alles nicht eingebildet«, murmelte er. »Seht euch die Spuren an.«

Tatsächlich war der Boden mit Kratzern übersät.

Manche waren so breit und tief wie ein Finger. Die Krallen der Kreatur zerschnitten Stein wie warme Butter.

Geduckt schlichen die vier an den lang gestreckten Anrichten vorbei. Sie schwitzten vor Anspannung und Sorge.

Sie alle kannten Augenblicke wie diesen aus dem Fernsehen: Jeden Moment konnte der Dämon aus seinem Versteck hervorschnellen und über sie herfallen. Auf weißen Kacheln war Filmblut besonders dekorativ.

Aber das hier war die Wirklichkeit.

Kyras Herzschlag raste. Es war ihre Idee gewesen, den Kühlraum zu verlassen. Was, wenn sie die anderen geradewegs ins Verderben führte?

Denk nicht an so was!, schalt sie sich. Versuch, klar zu bleiben, dich zu konzentrieren ...

Sie erreichten die Küchentür. Der Durchgang stand weit offen. Draußen auf dem Gang war der Teppich von den Krallen des Dämons zerfurcht. Nils hatte Recht: Seine Eltern würden zu viel bekommen, wenn sie sahen, was während ihrer Abwesenheit geschehen war.

Der Flur führte in die Eingangshalle. Die Freunde mussten den riesigen Saal durchqueren. Ihre nervösen Blicke zuckten hierhin und dorthin, streiften über die hohen Balustraden der oberen Stockwerke, durchsuchten angstvoll jeden Schatten. Der Storch war nirgends zu sehen. Kyra konnte kaum glauben, dass sie Recht behalten sollte. War die Bestie tatsächlich zu ihrem Gelege oben auf dem Dach zurückgekehrt?

Der nächste Korridor. Vorbei an einem Dutzend geschlossener Türen.

Allmählich spürte Kyra einen Hauch von Zuversicht. Vielleicht schafften sie es ja tatsächlich heil bis zur Bibliothek.

Hinter ihnen, in der Eingangshalle, ertönte ein lautes Rauschen: das Schlagen mächtiger Schwingen.

Der Storch stieß aus großer Höhe zum Boden herab. Die Kinder sahen ihn, als er kurz über dem Marmorboden der Halle abbremste und auf seinen spindeldürren Beinen aufkam.

»Oh nein!«, entfuhr es Lisa schrill.

Da rannten die vier auch schon los. Rannten, so schnell sie konnten.

Der Teufelsstorch hatte immer noch beide Flügel gespreizt, als er die Verfolgung aufnahm. In seiner Wut bemerkte er zu spät, wie schmal der Durchgang zum Korridor war, auf dem die Kinder davonliefen. Er prallte mit beiden Schwingen gegen den Türrahmen. Holz splitterte krachend, Späne wirbelten in alle Richtungen. Doch die Wände zu beiden Seiten des Türrahmens waren stabiler. Mit einem Aufschrei prallte der Dämon zurück. Einige Sekunden blieb er stehen und bewegte prüfend seine Flügel. Keiner war gebrochen.

Das Ungeschick der Kreatur verschaffte den Freunden einen weiteren Vorsprung. Es waren nur

noch fünfzehn Meter bis zur Tür der Bibliothek. Sie stand weit offen. Kyra konnte dahinter endlose Reihen dicht bepackter Bücherregale erkennen.

»Wir schaffen es!«, rief Nils.

In ihrem Rücken stieß der Storch ein ohrenbetäubendes Kreischen aus.

»Wir schaffen es nicht!«, jammerte Lisa.

Und tatsächlich preschte der Storch im selben Moment durch die Tür des Korridors. Mit Riesenschritten, jeder zwei, drei Meter weit, tobte der Dämon hinter den Kindern her.

Nils erreichte als Erster die Bibliothek. Chris, Lisa und Kyra folgten. Nils gab der Tür einen kraftvollen Stoß. Mit einem Krachen rastete das Schloss ein, Nils drehte den Schlüssel herum.

Die drei anderen sahen sich panisch nach etwas um, was sie vor den Eingang schieben konnten. Ansonsten würde der Dämon die Tür ohne Zweifel ebenso zerstören wie all die anderen.

»Da! Das könnte gehen!«, rief Kyra aus und zeigte auf einen modernen Rollschrank, der so gar nicht zur ehrwürdig antiken Einrichtung der Bibliothek passte. Die Eltern von Lisa und Nils mussten ihn angeschafft haben. Der Schrank stand auf kleinen Rädern und hatte eine verschließbare Rolltür aus Metall.

»Schnell!«, entfuhr es Chris, und schon schoben sie den klobigen Schrank zu dritt über den Parkettboden. Nils stand an der Tür und dirigierte sie in die richtige Richtung.

Ein lautes Donnern ertönte, als der Storch gegen die Tür schlug. Nils zuckte zurück. Ein zweites Krachen erklang, gefolgt von Bersten und Splittern. Dort, wo Nils gerade noch gestanden hatte, ragte jetzt der Schnabel des Dämons durch die Tür, zuckend und schnappend.

Der Schrank war jetzt auf Höhe der Tür. Die Freunde harrten noch einen Augenblick aus, bis der Storch seinen Schnabel zurückzog, dann rollten sie das schwere Möbelstück vor die Tür. Kyra trat das Pedal herunter, mit dem die Räder des Schranks blockiert wurden.

Der Storch hämmerte jetzt mit dem Schnabel gegen die Tür wie ein Specht, so schnell, dass die einzelnen Schläge kaum mehr auseinander zu halten waren.

Die Freunde zogen sich zurück, tiefer ins Innere der Bibliothek. Der Metallschrank bebte, hielt den Attacken des Storches jedoch stand.

Schließlich gab die Kreatur auf. Er raschelte noch kurz draußen auf dem Gang, dann herrschte wieder Stille.

Keiner der vier brachte ein Wort heraus. Erst ganz allmählich kam ihnen zu Bewusstsein, dass sie der Kreatur bereits zum zweiten Mal entkommen waren. Aber wie lange konnte das noch so weitergehen?

Kyra schaute sich um. Die Bibliothek war ein beeindruckender Raum, dessen Wände mit deckenhohen Bücherregalen ausgekleidet waren. Den vergilbten Buchrücken nach zu urteilen, gab es hier kaum ein Exemplar, das nicht mindestens fünfzig oder gar hundert Jahre alt war. Es mussten zehntausende von Bänden sein, die hier gelagert wurden.

In der Wand, die der Tür gegenüberlag, klaffte ein gewaltiger Kamin, so groß, dass man über seinem Feuer einen Ochsen hätte braten können. Jetzt aber brannten dort keine Flammen, auch die Asche war säuberlich ausgekehrt. Vor dem Kamin stand eine Sitzgruppe lederner Ohrensessel, augenscheinlich so alt wie die Bücher an den Wänden. Es roch intensiv nach Staub und brüchigem Papier.

»Wird das alles hier überhaupt noch genutzt?«, fragte Kyra, deren Angst allmählich von Faszination verdrängt wurde.

Nils zuckte mit den Achseln. »Unser Vater kommt manchmal her, wenn er seine Ruhe haben will. Eigentlich ist der Raum auch für die Hotelgäste geöffnet, aber es verirrt sich kaum einer hierher.«

Chris ging ungeduldig auf und ab und musterte die Regale. »Wo sind die Aufzeichnungen eures Großvaters?«

Lisa setzte sich in Bewegung und trat an einen alten Holzsekretär, der in eine der Regalwände eingelassen war. »Wenn sie noch existieren, müssten sie hier irgendwo sein. Hier hat er immer gesessen und die Ergebnisse seiner Forschungen aufgeschrieben.«

Sie zog alle Schubladen auf, vergebens. Schließlich entriegelte sie ein verstecktes Schloss an der Unterseite und öffnete ein Geheimfach unter der Tischplatte.

»Hier sind sie!«, entfuhr es Lisa erfreut. Mit beiden Händen hob sie einen Stapel von fünf oder sechs Schreibkladden hervor. Sie sahen aus wie großformatige Schulhefte, nur viel dicker und in Leder gebunden.

Die anderen traten neben Lisa und sahen zu, wie ihre Freundin die Jahreszahlen auf den Buchdeckeln verglich. Die Schrift war schnörkelig und halb verblasst.

»Das hier muss es sein«, meinte Lisa schließlich. Sie blätterte in einem Band, und Kyra, die über Chris' Schulter blickte, musste sich eingestehen, dass sie kaum ein Wort lesen konnte. Umso verblüffter war sie, dass Lisa keinerlei Mühe mit der Entzifferung hatte. War auch das eine verborgene Eigenschaft, die von den Siegeln hervorgehoben wurde?

»Hier beginnen die Einträge über Baron Moorstein«, sagte Lisa, nachdem sie einige Zeilen überflogen hatte. Sie blätterte ein wenig und meinte schließlich: »Es sind nur ein paar Seiten, die ihn betreffen. Offenbar hat unser Großvater nicht viel über ihn herausfinden können. Soll ich das alles vorlesen?«

»Kannst du's nicht überfliegen und uns dann die Kurzfassung erzählen?«, fragte Chris, der angesichts der altmodischen Schrift ähnlich unverständliche Formulierungen befürchtete.

Lisa nickte. Sie schien stolz zu sein, dass nur sie den Text entziffern konnte. Hastig lief sie an den anderen vorbei und ließ sich in einen der Ohrensessel

fallen. Das uralte Leder quietschte, als hätte sich eine Mäusefamilie darin eingenistet.

Während Lisa die Seiten studierte, liefen Kyra und die Jungs ungeduldig in der Bibliothek hin und her. Sie wussten nichts mit sich anzufangen. Keiner von ihnen hatte die nötige Ruhe, um die vielen Buchrücken genauer zu betrachten. Sie alle fürchteten jeden Moment einen neuen Angriff des schwarzen Storches.

»So«, meinte Lisa endlich, »ich hab's.«

Und dann begann sie zu berichten, was ihr Großvater über Baron Moorstein herausgefunden hatte.

Demnach hatte der Baron im Jahr 1707 den Beschluss gefasst, den Erkerhof auf einem Hügel südlich von Giebelstein zu errichten. Vier Jahre später, 1711, waren die Bauarbeiten beendet und der Baron bezog sein neues Zuhause. Fortan hörte man so gut wie nichts mehr von ihm. Die wenigen Bediensteten, die er im Haus beschäftigte, waren verschlossene Menschen, deren ungewöhnlich helle Haut verriet, dass sie das Tageslicht scheuten. Nur wenn sie den Markt von Giebelstein besuchten, um Lebensmittel zu kaufen, sah man sie im Freien. Die Bewohner der kleinen Stadt, die sich auf große Ballgesellschaften und Treibjagden gefreut hatten, wurden enttäuscht: Es kamen kaum Gäste nach Schloss Moorstein, und wenn doch, dann waren es undurchsichtige Gestalten aus Ländern, von denen keiner der Bauern und Händler je gehört hatte.

Die Aufzeichnungen übersprangen mehrere Jahrzehnte und weitere Einzelheiten datierten erst wieder auf das Jahr 1784. Zu diesem Zeitpunkt musste der Baron bereits einhundertdrei Jahre alt gewesen sein. Unfassbar, zumal die Menschen damals für gewöhnlich weit jünger starben als heutzutage.

In jenem Jahr, so hieß es, habe der Baron seine aufwändigste und machtvollste Beschwörung gewagt – und seine letzte. Lange schon hatte man in Giebelstein gemunkelt, dass der alte Moorstein mit den Mächten des Bösen einen Pakt geschlossen hätte, um sein Leben zu verlängern. Nun aber, in jenem Jahr 1784, ging er endgültig zu weit.

Den Gerüchten zufolge wollte er einen Dämon heraufbeschwören, der in der Hierarchie der Hölle weit über jenen niederen Kreaturen stand, die er bislang herbeizitiert hatte. Um dieses Vorhaben zu vollbringen, musste Moorstein erst eine große Anzahl unbedeutender Höllenwesen in sein Schloss locken, die sodann dem höher gestellten Dämon geopfert werden sollten. Ohne diese Opfergabe würde die Kreatur nicht erscheinen, geschweige denn dem Baron die Gunst der Unsterblichkeit gewähren, nach der es ihn so sehr verlangte.

Angeblich gelang es Moorstein tatsächlich, die niederen Dämonen mit dem Versprechen einer teuflischen Ballnacht zu täuschen und sie allesamt zu opfern. Anschließend zog er sich in seine Räume in den Kellern des Schlosses zurück und erwartete dort die Ankunft des Dämonenfürsten.

Was dann geschehen war, wusste niemand. Auf alle Fälle wurde von diesem Zeitpunkt an keiner der Bediensteten des Barons mehr in Giebelstein gesehen. Das Schloss schien verlassen zu sein. Erst viele Jahre später entdeckten einige mutige Männer aus Giebelstein die unterirdisch gelegenen Kammern des Barons und fanden ihn dort inmitten seiner eingestaubten Zauberbücher und Apparaturen – mausetot. Woran er gestorben war, ließ sich nicht mehr erkennen.

Die Männer aus der Stadt ließen alles so, wie sie es vorgefunden hatten. Auch der Leichnam des Barons blieb unangetastet. Statt den Toten zu beerdigen, verriegelten die Männer die Keller des Schlosses von der Außenseite. Ihre größte Befürchtung war nicht, dass jemand dort einbrechen könnte; vielmehr brachte sie der Gedanke um den Schlaf, etwas könne von innen nach außen entkommen.

Doch fortan herrschte Ruhe rund um das leer stehende Schloss. Weder von dem Baron noch von seinem Dämon hörte man jemals wieder.

Als Lisa zum Ende ihres Berichts kam, brannte Kyra bereits eine Frage auf der Zunge: »Existieren diese Keller noch? Und falls ja, kennt einer von euch den Zugang?«

Lisa und Nils wechselten einen beunruhigten Blick. »Du hast doch nicht etwa vor, dort hinunterzugehen?«

Kyras Augen leuchteten vor Aufregung. »Aber das ist doch die Lösung unseres Problems!«

»Das verstehe ich nicht«, sagte Nils.

Auch Chris schaute verdutzt drein. »Wäre schön, wenn du uns das erklären könntest.«

Kyra nickte, plötzlich wieder hektisch geworden. »Der Dämon, mit dem wir es zu tun haben, ist unter Garantie derselbe, den einst der Baron heraufbeschwören wollte!«

»Aber was soll er denn schon wieder hier wollen?«, fragte Nils.

»Nicht ›schon wieder‹«, gab Kyra ungeduldig zurück. »Jedes Kind weiß, dass im Reich der Geister und Dämonen die Zeit anders abläuft als hier bei uns.«

Chris hob die Augenbrauen. »Jedes Kind weiß das?«

Kyra winkte ab. »Na ja, fast jedes. Tante Kassandra hat mal so was erwähnt. Auf jeden Fall kann es gut sein, dass die Beschwörung des Barons erst heute Wirkung gezeigt hat! Wahrscheinlich ist der alte Moorstein dort unten an Altersschwäche gestorben, während er vergeblich auf den Besuch dieses Monsters gewartet hat. Aber es ist nie erschienen – erst gestern Nacht, mehr als zweihundert Jahre später! Deshalb auch die Geister der toten Dämonen im Ballsaal. Gewiss hat es ihnen keine Ruhe gelassen, auf den Trick eines Sterblichen hereingefallen zu sein. Wahrscheinlich werden sie jede Nacht dort spuken, bis der Storch wieder verschwunden ist.«

»Na, großartig«, bemerkte Lisa.

»Und nun?«, fragte Nils.

Chris ergriff das Wort. »Ich weiß, was Kyra meint.

Wenn es uns gelingt, in den Keller einzudringen und das Ritual des Barons rückgängig zu machen, verschwindet vielleicht auch dieses Mistvieh wieder.«

»Schön und gut«, sagte Lisa. »Aber wir haben alle keine Ahnung, wie solch eine Beschwörung vollzogen wird – geschweige denn wie man sie wieder rückgängig macht.«

Kyra seufzte. »Wahrscheinlich muss man nur die Anordnung der Utensilien durcheinander bringen. Irgendeinen Kreidekreis auf dem Boden auswischen, ein paar Hexenkräuter unter den Schrank fegen. Irgend so was in der Art. Das werden wir schon sehen, wenn wir im Keller sind.«

»Wahnsinn!« Nils wirkte alles andere als glücklich.

»Es ist unsere einzige Chance«, sagte Kyra beharrlich.

Lisa stimmte ihr zu. »Das glaube ich auch. Trotzdem hat Nils Recht: Es ist Wahnsinn.«

»Um ehrlich zu sein, finde ich diesen Kerl auf seinen Riesenstelzen auch nicht viel normaler«, sagte Chris.

Kyra nickte ihm dankbar zu. »Wir müssen es wenigstens versuchen.«

Nils stieß einen tiefen Seufzer aus. »Lisa und ich wissen, wo der Zugang ist. Er wird durch einen schweren Balken verriegelt. Irgendwer, wahrscheinlich unser Großvater, hat ein Weinregal davor gestellt. Aber Lisa und ich haben die Tür schon vor ein paar Jahren entdeckt. Damals waren wir noch nicht stark genug, um den Balken hochzuheben – außerdem wussten wir nicht, was dahinter liegt. Wir haben gedacht, es wäre irgendeine alte Abstellkammer. Die Keller des Kerkerhofs sind nicht besonders groß, wisst ihr.«

»Wahrscheinlich doch«, widersprach Kyra. »Der größte Teil liegt sicher hinter dieser Tür. Vielleicht erwartet uns dort ein ganzes Labyrinth von Gängen und Kammern.«

Bei dem Wort »Labyrinth« lief allen ein eisiger Schauder über den Rücken, sogar Kyra selbst bekam eine Gänsehaut.

»Okay«, meinte Chris schließlich. »Das Beste ist sicher, wenn wir uns trennen.«

»Trennen?«, wiederholte Nils ungläubig und runzelte die Stirn.

»Ja, sicher. Zwei von uns lenken den Storch ab, während die anderen beiden runter in den Keller gehen.«

»Oh ja, klasse Idee!«, entfuhr es Nils mit überschnappender Stimme. »Den Storch ablenken. Und wer sollte so lebensmüde sein, das zu versuchen?«

»Ich«, erwiderte Chris mit einem Schulterzucken.

Lisa redete drauflos, ehe sie über die Folgen nachdachte – die Verlockung, eine Weile mit Chris allein zu sein, war allzu verführerisch. »Ich komme mit dir«, sagte sie wie aus der Pistole geschossen und schenkte Chris ein nervöses Lächeln.

Kyra sah ihre Freundin erstaunt an, dann atmete sie tief durch. »Das heißt, dass Nils und ich in den Keller gehen.«

Nils schmollte, widersprach aber nicht länger. Er hatte eingesehen, dass dies der einzige Weg war, den Dämon zu vertreiben.

»Damit wäre ja alles geklärt«, sagte Chris. Sogleich machte er sich daran, den Rollschrank von der Tür fortzuschieben.

»Sollten wir damit nicht noch ein wenig warten?«, fragte Nils kleinlaut. »Ich meine, nur bis wir sicher sind, dass er nicht mehr dort draußen ist.«

Kyra schüttelte den Kopf und half Chris beim Drücken. »Er wird für immer dort draußen bleiben, wenn wir nicht bald etwas unternehmen.«

Nils stöhnte leise, dann beteiligte er sich widerwillig an den Anstrengungen der beiden.

Nur Lisa half nicht mit. Sie stand da, hatte den Freunden den Rücken zugekehrt und blickte hinüber zum Kamin.

Der Steinboden der Feuerstelle war jetzt mit Ruß bedeckt. Lisa war vollkommen sicher, dass er eben noch sauber gewesen war.

Langsam, wie in Trance, umrundete sie die Ledersessel und ging auf den Kamin zu. Ihre Bewegungen waren steif und abgehackt.

Es roch intensiv nach kalter Asche. Und da, jetzt rieselte erneut etwas von oben aus dem Kamin herab und sammelte sich am Boden.

»Lisa!«, rief Chris hinter ihrem Rücken, weit, weit entfernt auf der anderen Seite der Bibliothek.

Sie beachtete ihn nicht. Das Entsetzen brach ihren Widerstand und lähmte ihre Zunge. Gebannt trat sie durch den steinernen Bogen der Feuerstelle. Die Öffnung war groß genug, um ein Picknick darin zu veranstalten.

Eine einzelne schwarze Feder fiel träge aus dem Schacht herab. Sie schaukelte und drehte sich, senkte sich wie in Zeitlupe zu Boden. Dort blieb sie inmitten des Rußhaufens liegen.

Lisa hob langsam den Kopf, blickte über sich.

Ruß rieselte lautlos auf den Boden. Wie gebannt sah sie zu, wie von oben etwas näher kam.

Der Umriss des Dämons verdunkelte den Schacht.

Etwas schoss auf Lisas Gesicht zu. Klappernd schnappte es über ihrer Stirn zusammen, verfehlte sie nur um Haaresbreite. Der Schnabel ragte aus der Schwärze herab wie der Stachel eines gigantischen Insekts, stieß zuckend vor und zurück.

Lisa schrie.

Hände packten sie von hinten, rissen an ihren Armen.

Sie lief, ohne zu sehen, wohin. Ließ sich von den anderen mitziehen. Quer durch die Bibliothek. Zur offenen Tür. Hinaus auf den Gang.

»Schnell!«, brüllte Chris. »Komm schon, schneller!«

Hinter ihnen ertönte ein Rumpeln. Der Rußgestank drang bis auf den Korridor, als sich der Dämon aus dem Kaminschacht schob.

Lisa blinzelte Ruß aus ihren Augen, schaute über ihre Schulter.

Der schwarze Storch schüttelte sein Gefieder, um-

wogt von einer Schmutzwolke. Hastig nahm er die Verfolgung auf. Setzte mit weiten Sprüngen über die Sessel hinweg, stürmte auf die Kinder zu.

»Wo sind –«

Chris ließ Lisa nicht ausreden. »Schon unterwegs in den Keller.«

Die beiden stürmten den Korridor entlang in Richtung Eingangshalle, die sich leer vor ihnen erstreckte.

Hinter ihnen fegte der Dämon heran.

»Was jetzt?«, rief Lisa, außer sich vor Entsetzen.

Chris grinste im Rennen zu ihr herüber; es sah jedoch nicht fröhlich aus, eher als hätte er Schmerzen.

»Jetzt«, keuchte er abgehetzt, »tun wir, was wir uns vorgenommen haben. Wir lenken den Mistkerl ab.«

»Und wie?«

»Wir laufen. So schnell wir können. Und wenn wir Glück haben, ist das vielleicht sogar schnell genug.«

# *Kellergeister*

Kyra folgte Nils die Kellertreppe hinunter. Irgendwo hinter ihnen, in weiter Ferne, ertönte Lärm. Offenbar hatte der Dämon Chris' und Lisas Verfolgung aufgenommen. Kyra, die alles andere als fromm war, sandte in diesem Moment ein Stoßgebet zum Himmel. Hoffentlich passierte den beiden nichts.

»Wir müssen uns beeilen«, flüsterte sie Nils zu.

»Das weiß ich. Aber es ist stockdunkel hier unten.«

Das war es in der Tat. Die oberen Stufen der Kellertreppe wurden noch vom Licht aus dem Erdgeschoss erhellt. Doch jetzt, nachdem die Wendeltreppe ihre erste Biegung gemacht hatte, wurde es mit jedem Schritt finsterer. Sie hatten keine Taschenlampe, nur einen dreiarmigen Kerzenleuchter, den sie unterwegs von einer Kommode mitgenommen hatten. Ein halb volles Päckchen Streichhölzer hatte in einer Schublade darunter gelegen.

Doch der flackernde Kerzenschein hatte der Finsternis, die von allen Seiten auf sie eindrängte, wenig entgegenzusetzen. Kyra und Nils konnten höchstens zwei, drei Meter weit sehen, dann wurde jeder Lichthauch, jeder Umriss von der Schwärze verschluckt.

Die Wendeltreppe schraubte sich immer tiefer. Dies war kein gewöhnlicher Keller – er lag viel zu weit unten im Berg.

Kyra hatte selbst schon mit Nils und Lisa hier unten gespielt, obgleich das letzte Mal mindestens drei Jahre zurücklag. Nils' Vater konnte es nicht leiden, wenn sich die Kinder hier unten herumtrieben – er sagte, das sei zu gefährlich. Wusste er von der geheimen Tür? Wahrscheinlich, immerhin war auch er in diesem Haus aufgewachsen. Aber ahnte er auch, wohin sie führte?

Sie erreichten den unteren Treppenabsatz. Endlich wieder ebener Boden. Der Kerzenschein schälte hohe Deckengewölbe aus der Dunkelheit. Der unterirdische Raum war gewaltig. In mehreren Reihen standen Weinregale, gefüllt mit staubbedeckten Flaschen. Es roch nach Korken und verfaultem Obst.

»Hier unten darf man sich nicht vor Spinnen ekeln«, bemerkte Nils beiläufig.

Kyra schüttelte sich. »Was, bitte, soll das denn heißen?«

»Dass es hier unten von Spinnen nur so wimmelt«, gab er zurück. »Fette Kreuzspinnen. Weberknechte. Alles, was das Herz begehrt.«

»Großartig.« Kyra fühlte sich gleich noch schlechter. Sie hatte keine wirkliche Angst vor Spinnen, war aber auch nicht scharf darauf, welchen zu begegnen.

Nils tastete nach einem altmodischen Drehschalter. Der Mechanismus klickte vernehmlich, aber die nackten Glühbirnen unter der Decke blieben dunkel. »Mist!«, fluchte er. »Hätte ich mir denken können. Es muss so vieles im Kerkerhof repariert werden, dass der Keller auf jeden Fall zuletzt drankommt.«

Kyra stöhnte. »Dann müssen halt die Kerzen reichen.«

»Die Tür liegt in dieser Richtung«, sagte Nils und wies mit ausgestrecktem Arm in die Finsternis.

Sie rannten los, an einer langen Regalreihe vorbei. Schon bald stellten sie fest, dass die Kerzenflammen ausgehen würden, wenn sie zu schnell liefen. Es war aber auch verteufelt: Oben wurden Lisa und Chris von dem Dämon gejagt und waren darauf angewiesen, dass Kyra und Nils zügig ihr Ziel erreichten – und sie scheiterten hier unten schon an so etwas Einfachem wie der Beleuchtung!

Notgedrungen verlangsamten sie ihre Geschwindigkeit. Die Flammen züngelten wieder ein wenig höher, der Lichtkreis weitete sich aus.

»Wie weit ist es noch?«, fragte Kyra voller Ungeduld.

»Zehn, fünfzehn Meter.«

Das war natürlich nur die Entfernung bis zur Tür. Wie lange sie dann noch brauchen würden, um die Hexenküche des Barons zu erreichen, blieb ungewiss.

Eine Ratte huschte im Dämmerlicht über den Steinboden.

»Kein Wunder, dass ihr kaum Gäste habt«, sagte Kyra, hauptsächlich, um die bedrückende Stille des Weinkellers nicht zu beängstigend werden zu lassen.

»Das hat nichts mit Ratten zu tun«, entgegnete Nils ernsthaft.

Kyra wurde klar, dass sie ihn gekränkt hatte. »Tut mir Leid«, sagte sie.

Nils zuckte im Dunkeln mit den Schultern. »Meine Eltern haben schon daran gedacht, das Hotel zu verkaufen und fortzuziehen.«

»*Was?*«, entfuhr es Kyra. »Davon habt ihr nie was gesagt.«

»Sie haben erst kurz vor der Abfahrt darüber gesprochen. Wenn es mit der Erbschaft nichts wird, haben sie gesagt, würden sie den Kerkerhof über kurz oder lang dichtmachen müssen.«

»Aber ihr könnt doch nicht einfach von hier wegziehen!« Der Gedanke, sie könnte ihre beiden Freunde verlieren, war schmerzlich – selbst angesichts der Bedrohung durch den Dämon.

Nils gab keine Antwort. Einige Schritte lang wurde das Schweigen wieder unerträglich, dann sagte er plötzlich: »Da vorne ist es! Hinter diesem Regal dort, links von dir.«

Kyra stellte den Kerzenleuchter auf dem Boden ab. Gemeinsam machten sie sich daran, das Regal nach vorne zu rücken. Zum Glück war es nur halb gefüllt, sodass sie keine Flaschen herausräumen mussten. Schon bald hatten sie einen Spalt zwischen Wand und Regal geschaffen, der groß genug war, um sich hindurchzuzwängen.

Mit dem Leuchter beschien Kyra das feuchte Mauerwerk hinter dem Regal. In eine Vertiefung in der Wand war tatsächlich eine Tür eingelassen, halbrund und sehr niedrig. Ein Balken war quer darüber gelegt worden. Man musste ihn nur aus seinen Verankerungen heben.

Leichter gesagt als getan. Der Balken war verflucht schwer, und Kyra und Nils schimpften einmütig vor sich hin, während sie das sperrige Ding anhoben und schließlich zu Boden poltern ließen. Zu spät fiel ihnen ein, dass sie damit alles, was hinter dieser Tür noch am Leben sein mochte, gewarnt haben mussten.

Unsinn!, schalt sich Kyra. Was sollte hier schon noch leben? Seit 1784 war diese Tür nicht mehr geöffnet worden.

Etwas krabbelte über ihren Unterarm. Erst glaubte sie, das Kitzeln ginge von den Siegeln aus – doch als sie hinsah, erkannte sie, dass eine fette Kreuzspinne über ihre Haut lief, geradewegs auf ihre Schulter und ihr langes Haar zu. Kyra quietschte auf und schleuderte die Spinne fort in die Dunkelheit.

Nils hatte zugeschaut und kicherte nervös. »Ich hab dich gewarnt.«

Kyra atmete tief durch, immer noch starr vor Ekel. »Komm, lass uns weitergehen.«

Trotz rostiger Scharniere ließ sich die Tür ohne große Mühe öffnen. Knirschend schwang sie nach innen. Ein Erwachsener hätte sich bücken müssen, um unter dem Steinbogen hindurchzutreten, aber für Kyra und Nils hatte er gerade die richtige Höhe.

Vor ihnen öffnete sich ein Gang mit kahlen Wänden. Die Finsternis war so undurchdringlich, als wäre der ganze Stollen mit Spinnweben aus schwarzem Garn verwoben.

»Ganz schön einladend, was?«, murmelte Nils unglücklich.

Kyra nickte. »Und über so was hast du nun zwölf Jahre lang gewohnt.«

Nils grinste humorlos. »Ich wäre schon dankbar, wenn es noch mal zwölf werden würden.«

Ihre Blicke trafen sich, dann winkte Kyra sachte mit dem Leuchter. Das Zeichen zum Aufbruch.

Mit bebenden Knien schoben sie sich vorwärts.

Kyras Gedanken bewegten sich im Kreis. Keine Menschen hier unten, seit über zweihundert Jahren. Was war es nur, was ihr an dieser Vorstellung solche Angst einjagte?

Kein *Mensch*.

Aber vielleicht etwas anderes?

Plötzlich überkam sie die Gewissheit, dass es einen guten Grund gegeben haben musste, die geheime Tür von außen zu verriegeln. Vielleicht hatte der Großvater von Lisa und Nils nicht alles über diese Keller gewusst. Und möglicherweise war es mehr als nur Aberglaube gewesen, der die Männer von einst dazu bewogen hatte, den Durchgang zu verschließen.

Gut möglich, dass Kyra und Nils einen schweren Fehler begangen hatten.

Und trotzdem war es das Einzige, das die beiden anderen jetzt noch retten konnte.

Sie mussten weiter. Tiefer in die Finsternis.

Vor ihnen ertönte ein Geräusch. Etwas Hartes, Scharfes schabte über Stein.

Etwas *atmete*.

# *Schock*

Lisa begriff mit einem Mal, dass Chris ihre Hand hielt. Ein paar Herzschläge lang verlor alles andere an Bedeutung: Die kreischende Bestie in ihrem Rücken, die ausweglose Flucht, die Todesangst ... all das wurde zweitrangig. Chris hielt ihre Hand. Das war alles, was in diesem Augenblick zählte.

Und dann ließ er sie los, und die rosaroten Wölkchen, die sich um Lisas Gemüt gelegt hatten, faserten auseinander, offenbarten die rabenschwarze Nacht dahinter, die Furcht, die Erschöpfung.

Sie waren noch immer auf der Flucht. Und es sah schlimmer für sie aus als jemals zuvor.

Der schwarze Storch war hinter ihnen. Keine zwanzig Meter mehr.

Erst hatten sie versucht, erneut die Küche zu erreichen. Doch das war ein aussichtsloses Unterfangen gewesen. Der Dämon hatte ihnen in der Eingangshalle den Weg abgeschnitten. Sie hatten nach links ausweichen müssen, fort vom Küchentrakt, durch den verlassenen Speisesaal und durch einen der Konferenzräume.

Jetzt stürmten sie keuchend eine schmale Treppe hinauf, die in die oberen Stockwerke führte. Der Versuch, den Dämon abzuschütteln, war misslungen. Nur die Enge des Treppenschachts hielt die Kreatur davon ab, noch schneller aufzuholen.

Chris hatte Lisas Hand losgelassen, um die Tür am oberen Treppenabsatz zu öffnen. Nachdem sie hindurch waren, warf er sie hinter sich zu. Aber der Dämon hatte dazugelernt; diese Tür würde ihn nicht einmal halb so lange aufhalten wie die vorherigen.

»Die Kommode!«, rief Chris und zeigte auf ein schweres Möbelstück gleich rechts von der Tür.

Lisa verstand. In Windeseile schoben sie die Kommode gegen den Türflügel. Eine bunte Vase, die darauf stand, fiel zu Boden und zerbrach.

Keine Zeit, um nachzudenken, was ihre Eltern sagen würden.

»Weiter«, rief Chris, ergriff Lisas Hand und zog sie mit sich.

Sie stürmten den Korridor hinunter, während hinter ihnen die Schnabelschläge der Kreatur wie ein Gewitter gegen die Tür donnerten.

Hinter der nächsten Biegung erreichten sie eine zerstörte Verbindungstür. Hier waren sie entlanggekommen, als sie vom Dach geflohen waren. Lisa warf Chris einen Seitenblick zu; sie sah ihm an, dass er sich im Irrgarten des Kerkerhofs nicht zurechtfand. Sie waren darauf angewiesen, dass sie selbst einen klaren Kopf behielt.

»Eine der Grundregeln aller Horrorgeschichten ist, dass die Helden immer in die falsche Richtung laufen«, zischte Chris. »Statt ins Freie zu rennen, wo es viele Fluchtwege gibt, laufen sie die Treppe hinauf, verstecken sich in irgendwelchen Sackgassen und warten, dass das Monster sie entdeckt.«

Lisa verstand nicht, auf was er hinauswollte.

»Und weißt du, was das Ungerechte ist?«, fuhr Chris fort. »Wenn *wir* ins Freie laufen, fängt uns der Storch auf jeden Fall. Draußen ist er viel beweglicher als wir. Das heißt, dass wir im Augenblick genau das Richtige tun – auch wenn alle Horrorfilme das Gegenteil behaupten.«

»Und was soll daran so ungerecht sein?«

»Dass dieses Vieh uns trotzdem fangen wird.«

Chris' Offenheit erschütterte Lisa. Zugleich aber gab ihr seine Verzweiflung neuen Antrieb. Wenn er sie nicht retten konnte, dann musste eben sie selbst etwas tun. Irgendeine Idee, eine Art Rettungsring in ihrem Kopf ...

»Ich hab's!«, rief sie plötzlich aus. Ehe Chris eine Frage stellen konnte, lief sie an ihm vorbei und übernahm die Führung. Nun war sie es, die ihn an der Hand mitzog. Was für ein ... nun, *interessantes* Gefühl!

Sie schlug den Weg durch die geborstene Verbindungstür zum Haupttreppenhaus ein.

»Wo willst du denn hin?«, fragte Chris und schnappte nach Atem. Trotz all seiner Sportlichkeit raubte auch ihm die Brenzligkeit ihrer Lage alle Reserven.

»Du wirst schon sehen.«

Chris blickte im Treppenhaus nach oben. Plötzlich durchschaute er sie. »Aufs Dach? Lisa, da waren wir schon – und es hat nicht besonders gut für uns ausgesehen.«

Sie passierten den zweiten Stock und nahmen die letzten Stufen, die hinauf zum oberen Absatz führten. Weiter unten im Treppenhaus schepperte etwas. Der Teufelsstorch hatte wieder Witterung aufgenommen.

»Überleg doch!«, fuhr Lisa Chris an, viel schärfer, als sie gewollt hatte. Beinahe erschrak sie über sich selbst. »Dort oben sind seine Eier. Er wird nicht zulassen, dass ihnen etwas zustößt.«

»Ein Grund mehr, einen verdammt großen Bogen darum zu machen!«, gab Chris zurück.

»Nicht wenn wir eines der Eier in die Finger bekommen. Dann wird er sich dreimal überlegen, ob er uns angreift.«

Chris starrte sie an, halb beeindruckt, halb entsetzt. Aber sie sah ihm an, dass er sich über sie wunderte. Offenbar hatte er einen so wagemutigen Plan nicht von ihr erwartet. Innerlich glühte sie vor Stolz.

»Okay«, knurrte er schließlich. »Ich schätze, das ist der beste Plan, den wir haben.«

Lisa nickte. Gemeinsam bauten sie in Windeseile die Standleiter unter der offenen Dachluke auf. Dann hetzten sie hinauf, kletterten ins Freie. Die Sonne schien ihnen hell ins Gesicht. Dabei wäre doch Mitternacht viel passender gewesen. Und Vollmond. Vielleicht ein Schwarm Fledermäuse am Himmel.

Unten im Treppenhaus erreichte der Storch das zweite Stockwerk. Jagte weiter. Kreischte wutentbrannt, als er sah, wohin es seine Opfer zog.

Lisa und Chris erklommen die erste Schräge, schlitterten auf der anderen Seite wieder nach unten. Trotz Sonnenschein und Trockenheit war das Moos auf den Dachziegeln immer noch rutschig. Lose Schindeln wurden zu tückischen Stolperfallen. Ein scharfer Wind riss an den Kleidern der Freunde.

Vom Kamm der Schräge aus konnten sie die Satellitenschüssel sehen.

Dahinter lag der Dachfirst, der das Dämonennest vor ihren Blicken verbarg.

Lisa ballte die Fäuste. Sie schafften es! Mussten es schaffen! Es war ihre einzige Chance.

Sie hetzten über das Dach, an der Satellitenschüssel vorüber und den nächsten Ziegelhang hinauf.

Nur einmal schaute Lisa sich um. Hinter dem Dach, das sie zuletzt passiert hatten, erhob sich der schwarze Schädel des Dämons. Sein Schnabel sah aus, als sei er vor Zorn dunkel angelaufen; er hatte jetzt die Farbe von geronnenem Blut.

Sie erreichten den Dachfirst. Es war verlockend, einfach darüber hinwegzuspringen und auf der anderen Seite hinunterzurutschen.

Aber sie wussten beide, dass in der nächsten Senke das Nest des Teufelsstorches lag, aus Dornenzweigen, die nicht von dieser Welt stammten, mit Stacheln, die nur darauf warteten, ungeduldige Eindringlinge aufzuspießen.

Nein, sie würden behutsamer vorgehen müssen.

Der Dämon hatte schon die halbe Strecke bis zu seinem Nest zurückgelegt. Noch ein paar Sekunden,

dann würden Lisa und Chris seine rasiermesserscharfen Krallen zu spüren bekommen. Die Zeit lief ihnen weg, sie mussten schneller sein, entschlossener ... Die beiden glitten gleichzeitig über den Kamm hinweg, hinunter zum Nest.

Sie erstarrten.

Das Nest ruhte unverändert in der Senke. Teerfarbene Zweige glitzerten wie Stahl im grellen Sonnenlicht. Dornen stachen wie Schwerter empor.

Doch etwas anderes hatte sich verändert.

Die Eier waren aufgebrochen. Die schwarzen Schalen lagen zersplittert im Zentrum des Nests.

Die Brut des Dämons war geschlüpft.

Aber wo steckte sie? Nichts rührte sich, keine Spur von Leben. Die Jungen mussten bereits ausgeschwärmt sein, trieben sich vielleicht irgendwo im Haus herum.

Das Kreischen des Storches wurde ohrenbetäubend, als er vor Lisa und Chris seine Schwingen öffnete. Sein Schnabel war hoch erhoben, eine Waffe vor dem Todesstoß.

Chris packte Lisas Hand. Sie drängte sich an ihn.

Die weißen Pupillen des Storches schienen noch heller zu werden. Sein Zorn schlug um in Triumph.

So nah bei Chris, dachte Lisa wie betäubt. Und so gut wie tot.

War das vielleicht Gerechtigkeit?

# Vier Monster und ein Toter

»Was ist das?«, flüsterte Nils erschrocken.

Kyra, die den Kerzenleuchter hielt, blieb wie angewurzelt stehen. »Woher soll ich das wissen?«

Die schabenden Laute waren verklungen und jetzt brach auch das leise Atmen ab. Was immer dort vor ihnen in der Finsternis gewesen war, es lebte. Wartete. Und hatte nach zweihundert Jahren gewiss einen Bärenhunger.

Kyra überlegte, ob sie die Kerzen löschen sollte. Im Schein der Flammen gaben sie vortreffliche Zielscheiben ab für alles, was tödlich war: Krallen, Fangzähne, Schnabelhiebe.

»Glaubst du, *er* ist das?«, fragte Nils mit schwankender Stimme.

»Der Storch? Hier unten?«

Nils gab keine Antwort.

Kyra spürte, dass er ebenso wie sie selbst drauf und dran war, sich einfach umzudrehen und davonzulaufen.

Denk an Lisa und Chris, ermahnte sie sich. Sie vertrauen dir.

Aber wenn sie tot war, konnte sie auch nichts mehr für die beiden tun.

Angestrengt lauschte sie ins Dunkel. Nichts rührte sich.

»Und wenn es nur der Wind war?«, fragte sie.

Nils wirkte nicht sonderlich beruhigt. »Das klang aber nicht wie Wind.«

»Wie wär's mit Ratten?«

»Hast du schon mal Ratten atmen hören?«

»Vielleicht eine Ratte mit Schnupfen.« Kyra unterdrückte ihre Furcht und machte einen weiteren Schritt nach vorne. »Komm schon. Wer weiß, wie lange Lisa und Chris ihn hinhalten können.«

Es war sehr kühl hier unten. Trotzdem wischte sich Nils mit dem Ärmel Schweiß von der Stirn.

Der Appell an seine Verantwortung für seine Schwester und Chris zeigte Wirkung. Er schloss zu Kyra auf und gemeinsam gingen sie weiter.

Der Gang schien kein Ende nehmen zu wollen. Nur ein einziges weiteres Mal hörten sie raschelnde Laute aus der Dunkelheit. Als Kyra blitzschnell die Kerzen in die entsprechende Richtung hielt, sahen sie etwas Kleines, Dunkles in den Schatten verschwinden. Also doch Ratten.

Oder nicht?

Plötzlich brachen die Mauern rechts und links von ihnen ab. Der Korridor weitete sich zu einem Raum. Er war nicht groß, alle vier Wände waren undeutlich am Rande des Lichtkreises zu erkennen. Nicht weit vom Eingang befand sich ein morsches Bücherregal. Die Bände darin sahen aus, als würden sie bei der leichtesten Berührung zu Staub zerfallen.

Auf der gegenüberliegenden Seite befand sich ein Durchgang, der in einen weiteren Tunnel führte.

Ein schrilles Kreischen ertönte.

»Das ist –«, entfuhr es Nils. Ihm blieb keine Zeit, die Warnung zu beenden.

Kyra duckte sich instinktiv. Etwas sauste über ihren Kopf hinweg, verfing sich in ihren Haaren und riss sie nach hinten. Sie schrie auf vor Schmerz, fiel zu Boden und prallte unglücklich auf ihr Steißbein. Einen Augenblick lang bekam sie keine Luft mehr, bunte Funken tanzten vor ihren Augen.

Nils war in Windeseile bei ihr. Seine Hände schossen über ihr Gesicht hinweg und bekamen das kreischende Ding zu packen, das sich in ihr Haar gekrallt hatte.

Kyra kannte dieses Kreischen. Kannte es genau.

Aber die Kreatur in Nils' Händen war so *klein*!

Klein, aber mörderisch. Ein roter Schnabel, nicht länger als ein Brotmesser, hackte nach Nils' Handrücken, schlitzte die Haut auf wie Pergamentpapier.

Nils schrie auf. Seine Finger öffneten sich im Reflex. Die Kreatur kam frei.

Der Kerzenleuchter war bei Kyras Sturz zu Boden gefallen. Eine Flamme brannte noch, die beiden anderen waren beim Aufprall erloschen. Das schwache Zwielicht reichte dennoch aus zu erkennen, um was es sich bei dem Wesen handelte.

Der kleine Storchendämon reichte Nils höchstens bis zum Knie. Trotzdem war er alles andere als niedlich. Sein ganzer Körper wirkte noch unproportionierter und verschobener als der des großen Dämons. Die Beine sahen im Vergleich zu seinem schwarz gefiederten Leib länger und dünner aus, noch spinnenähnlicher. Die weißen Augen schienen zu glühen, als sie den Kerzenschein reflektierten.

Und er war schnell. Viel flinker als die ausgewachsene Kreatur.

Das Wesen stand in Lauerstellung inmitten des Raums und starrte Kyra und Nils an. Kyra rappelte sich gerade wieder auf die Beine, als ihr klar wurde, warum die Kreatur sie nicht schon im Gang angegriffen hatte: Sie wartete auf ihre Artgenossen.

Im selben Moment lösten sich drei weitere Dämonen aus der Dunkelheit und gesellten sich zu ihrem Bruder.

Das Dämonennest auf dem Dach. Vier Eier.

Und jetzt ... vier Junge.

Aber wie, zum Teufel, waren sie hier heruntergekommen?

Auf welchem Weg auch immer, der Riesenstorch musste sie gleich nach dem Schlüpfen hergeschickt haben. Sie waren hier, um den geheimen Keller zu schützen. Das wiederum bedeutete, dass der Dämon den Plan der vier Freunde durchschaut hatte.

Kyra verfluchte sich selbst. Sie musste sich endlich von der Vorstellung lösen, es mit Tieren zu tun zu haben. Ihre Gegner waren intelligent. Sie konnten Pläne schmieden – und die Pläne ihrer Feinde durchkreuzen.

Nils hatte den Kerzenleuchter vom Boden aufgehoben. Wie eine Waffe richtete er ihn gegen die Dämonenbrut. Er und Kyra gingen langsam rückwärts. Schritt um Schritt um Schritt.

Die Kreaturen wippten unmerklich auf ihren spindeldürren Beinen, sprungbereit. Jeden Augenblick konnten sie angreifen.

Kyra fingerte mit bebenden Fingern die Streichholzschachtel aus ihrer Hosentasche. Öffnete sie. Zog ein Hölzchen heraus.

Noch ein Schritt nach hinten, dann spürte sie die harten Ränder des Bücherregals in ihrem Rücken.

Eines der Wesen machte einen drohenden Satz nach vorne, bis auf einen Meter an Kyra und Nils heran. Es legte den Kopf schräg, beobachtete seine Gegner mit listiger Neugier. Das Wesen war eben erst geboren, Menschen waren ihm fremd.

»Ein Buch!«, zischte Kyra.

»Was?« Nils wagte nicht, sie anzusehen, starrte nur stocksteif auf die Kreatur zu seinen Füßen.

»Ein Buch«, flüsterte Kyra noch einmal. »Irgendeines. Mach schnell!«

Die drei übrigen Wesen staksten ebenfalls vorwärts und blieben neben ihrem Artgenossen stehen. Acht leere, weiße Augen musterten die Kinder. Messerscharfe Schnäbel klapperten auf und zu. Säuselndes Atmen ertönte, das Rascheln von schwarzem Gefieder.

Kyra hielt in der einen Hand die Streichholzschachtel mit der Reibfläche, in der anderen das Zündholz. »Nun nimm schon eines von den verdammten Büchern!«

Endlich verstand Nils. Ganz langsam griff er hinter seinen Rücken, zog blind eines der verstaubten

Bücher aus dem Regal. Unendlich sachte streckte er es Kyra entgegen. Sie mussten vorsichtig sein, jede hastige Bewegung mochte die Dämonenbrut zum Angriff verleiten.

Die Schnabelschädel der Kreaturen legten sich schief, mal auf diese, mal auf jene Seite. Noch war ihre Neugier größer als ihre Mordlust. Aber das mochte sich jeden Augenblick ändern.

Kyra atmete tief durch, dann hielt sie vor Anspannung die Luft an.

Zog das Streichholz abrupt über die Reibfläche.

Sah, wie die Flamme aufloderte.

Ein vierstimmiges Kreischen ertönte. Einen Herzschlag lang knickten die Stelzenbeine der Kreaturen ein, holten Schwung für den Absprung.

Alles ging viel schneller, als Kyra erwartet hatte. Das Buch entflammte im selben Augenblick, als sie das Streichholz an seine Kante hielt. Explosionsartig fingen die uralten Seiten Feuer. Die Jahrhunderte hatten das Papier völlig ausgetrocknet, der Staub tat ein Übriges.

Das Buch wurde zur Bombe.

Nils schleuderte es mit einem erschrockenen Aufschrei von sich – geradewegs zwischen die vier Dämonen.

Wie ein Komet schlug das lodernde Buch auf den Steinboden, ein Glutball, der beim Aufprall auseinander spritzte. Die morschen Seiten zerplatzten wie Sicherheitsglas, eine Wolke aus tausend winzigen Papiersplittern. Und jeder Einzelne brannte.

Ein Feuerregen ging auf die vier Kreaturen nieder. Das Kreischen wurde noch schriller. Panik brach aus. Flammen griffen auf Federn über.

Die Dämonenbrut verlor jedes Interesse an Kyra und Nils. Die Wesen mochten flink sein, aber es fehlte ihnen an Erfahrung, um eine tödliche Gefahr früh genug zu erkennen. Jetzt war es zu spät.

Erneut erwies sich, dass die Teufelsstörche keine Vögel waren. Unter dem Federkleid kam schwarze Schuppenhaut zum Vorschein, Körper wie Reptilien. Flammen umhüllten sie wie Elmsfeuer.

Kyra wollte gerade ein zweites Buch anzünden, als sie sah, dass es nicht mehr nötig war.

Die Dämonen ergriffen die Flucht. Brennend stürzten sie davon, durch den Korridor hinaus in den Weinkeller.

Kyra und Nils sahen nicht, wie es mit ihnen zu Ende ging, und sie waren froh darüber.

Beißender Rauch hing in der Luft. Die Aschewolke brannte in ihren Augen und nahm ihnen den Atem.

Kyra schleuderte das unversehrte Buch zurück ins Regal. Beim Aufprall auf das Holz zerfielen die Seiten zu Staub. Feine Flusen quollen zwischen den Lederdeckeln hervor wie ein Schwarm grauer Insekten.

»Dort entlang!«, rief Nils und stürmte schon durch die Rauchschwaden zur nächsten Gangmündung.

Kyra folgte ihm. Nils hielt immer noch den Leuchter mit der einzelnen brennenden Kerze in der

Hand. Als sie in den Korridor liefen, der tiefer in den geheimen Keller führte, hielt Kyra Nils an der Schulter zurück. Geschwind zündete sie die beiden erloschenen Dochte an. Das Atmen fiel hier ein wenig leichter, aber noch immer dämpfte Rauch das spärliche Licht der Flammen.

»Glaubst du, sie sind tot?«, fragte Nils, als sie weiterliefen.

»Ich wär's, wenn ich gebrannt hätte wie die.«

»Aber, ich meine ... das waren *Dämonen!*«

Kyras Züge verfinsterten sich. »Grillfleisch.«

Nils warf ihr einen Seitenblick zu. »Nun tu doch nicht so abgebrüht.«

Sie wusste sofort, was er meinte. Bisher hatte sie gehofft, die Sieben Siegel hätten keine Wirkung auf sie. Aber allmählich wurde ihr klar, dass auch sie selbst sich veränderte, genau wie die anderen. Nils wurde vernünftiger und hatte seine Lust am Risiko verloren. Lisa war selbstbewusster geworden und schien mit einem Mal ganz versessen zu sein auf geistige Herausforderungen wie die Hieroglyphen ihres Großvaters. Allein Chris kannte Kyra noch nicht lange genug, um Veränderungen an ihm festzustellen.

Was jedoch sie selbst anging, so fühlte sie sich mehr und mehr dem Erbe ihrer Mutter verpflichtet. Nils hatte Recht: Sie gab sich neuerdings rau und abgebrüht, als könne ihr ein Kampf mit den Kreaturen der Hölle kaum mehr als ein Naserümpfen abringen.

*Das* also war die Wandlung, die sie durchlief. Sie

wurde mehr und mehr wie ihre Mutter. Oder besser: So wie Kyra sich ihre Mutter vorstellte.

Eine Maskerade? Vielleicht. Kyra war keine coole Hexenjägerin, die mit der Linken einen zähnefletschenden Dämon bezwang und mit der Rechten dem Teufel den Mittelfinger zeigte. *Noch* nicht.

»Kyra!«

Nils' Stimme riss sie aus ihren Gedanken.

»Sieh dir das an«, sagte er mit dumpfer Stimme und hielt den Kerzenleuchter mit gestrecktem Arm nach vorne.

Der Korridor endete an einem Treppenabsatz. Ein gutes Dutzend Stufen führte nach unten, in einen tiefer gelegenen Raum. Das ganze Ausmaß der unterirdischen Kammer – oder war es eher eine Halle? – war im schwachen Schein der Kerzen nicht auszumachen. Wohl aber entdeckten sie in der Tiefe einen gewaltigen fünfzackigen Stern, ein Pentagramm aus hellen Steinen, die fest in den Steinboden eingelassen waren. Baron Moorstein hatte sich nicht mit vergänglichen Kreidezeichnungen abgegeben – er hatte ein Laboratorium für die Ewigkeit errichten lassen, erfüllt von der Zuversicht, für sich selbst die Unsterblichkeit zu erlangen.

In der Mitte des Pentagramms lag ein bleiches Gerippe.

Der Schädel starrte aus schwarzen Augenhöhlen ins Leere. Der Rippenkäfig war zusammengesunken, aber noch immer ließ sich der genaue Umriss des Leichnams ausmachen. Die Gebeine des Barons

lagen noch genauso da, wie die verschreckten Giebelsteiner sie vor fast zweihundert Jahren zurückgelassen hatten.

Jene Teile der Wände, die sich im Kerzenschein erkennen ließen, waren mit Regalen und Schränken bestückt. In den Fächern lagen Bücher, die Überreste von Schriftrollen und alchimistische Gerätschaften. Glaskolben, Tiegel und bizarre Versuchsanordnungen waren unter einer dicken Staubschicht begraben.

An einer Wand gähnte die Öffnung eines gigantischen Kamins, größer noch als jener in der Bibliothek. Bei seinem Anblick wurde den beiden schlagartig klar, wie die Brut des Dämons in den Keller gelangt war.

Sie stiegen gerade die Stufen zum Boden der Hexenküche hinab, als Nils abrupt stehen blieb.

»Hörst du das?«, fragte er flüsternd.

Auch Kyra verharrte. »Was denn?«

»Da!«

Ja, er hatte Recht. Da war etwas. Ein fernes Rumpeln und Poltern, das rasch näher kam.

»Oh nein!«, entfuhr es Kyra. Beider Blicke richteten sich ahnungsvoll auf den Kamin.

Kyra gab sich einen Ruck. Sie nahm Nils den Leuchter aus der Hand und sprang mit weiten Sätzen die Stufen hinunter.

»Wir müssen abhauen!«, rief Nils ihr hinterher.

Kyra erreichte den Boden. »Wir sind nicht so weit gekommen, um jetzt einfach aufzugeben.«

Nils gestikulierte fassungslos mit den Armen. »Wir haben seine Jungen verbrannt! Er wird nicht besonders gut auf uns zu sprechen sein.«

»Das trifft sich gut. Ich bin nämlich auch nicht allzu gut auf *ihn* zu sprechen.«

»Das wird ihn sicher mächtig beeindrucken.«

Kyra schaute zum Kamin. Ruß rieselte wie schwarzer Regen von oben herab.

Nils wippte aufgebracht von einem Fuß auf den anderen, raufte sich das Haar und fluchte wie ein Kesselflicker. Schließlich aber überwand er sich und trat neben Kyra.

Sie betrat das Pentagramm und ging neben Moorsteins Gerippe in die Hocke. Ihre Fingerspitzen berührten den blanken Schädel.

Nils blieb stehen. »Du wirst dir noch die Krätze holen.«

»Tuberkulose.«

»Was?«

»Vom Leichenanfassen kriegt man keine Krätze, sondern Tuberkulose ... das heißt, wenn man Pech hat.«

Das Poltern wurde lauter. Ein hasserfülltes Kreischen mischte sich darunter.

Nils' Augen weiteten sich. »Glaubst du wirklich, das spielt noch eine Rolle?«

Eine Rußwolke schoss aus dem Kamin und hüllte die Kinder in Schwärze.

# Im Dunkeln

Oben auf dem Dach. Drei Minuten zuvor.
Lisa und Chris klammerten sich aneinander.
Der Dämon stand hoch über ihnen. Er wirkte jetzt noch größer und eindrucksvoller. Mit seinen ausgebreiteten Federschwingen sah er aus wie ein schwarzer Engel.

Lisa konnte nicht anders: Sie schaute geradewegs in die Augen der Kreatur, in diese weißen, grundlosen Schlünde, in denen so viel Verschlagenheit, so viel Böses zu Hause war. Ganz gleich, was ihr in den nächsten Sekunden bevorstehen mochte, nichts konnte schlimmer sein als dieser Blick. Immer wieder schoben sich durchsichtige Nickhäute vor die Augäpfel des Wesens, verliehen ihnen den Anschein eines tückischen Blinzelns.

Ein Kreischen ertönte.

Lisa brauchte einige Herzschläge, ehe ihr klar wurde, dass es nicht aus dem Schnabel des Dämons kam.

Der Schädel der Kreatur fuhr herum, ihr Blick fächerte über das Dach. Die gewaltigen Schwingen schlugen auf und zu. Hatte der Dämon eben noch Triumph ausgestrahlt, so wirkte er jetzt aufgeregt, fast besorgt.

Chris' Händedruck wurde fester. »Was ist los?«, fragte er tonlos.

»Woher soll ich das wissen?«, gab Lisa zurück. Ihre Stimme klang wie die einer Fremden, heiser und belegt.

Das Kreischen wiederholte sich. Diesmal hielt es länger an.

Der Teufelsstorch winkelte ein Bein an, verlagerte sein Gewicht auf das andere. Ein Zeichen seiner Verwirrung.

Die Laute klangen fern und dumpf, so als kämen sie aus dem Inneren des Hauses.

»Natürlich!«, entfuhr es Chris leise. Normalerweise hätte er sich dabei vielleicht mit der Hand vor die Stirn geschlagen, aber seine Finger waren immer noch steif und verkrampft.

»Was meinst du?«, fragte Lisa.

»Seine Jungen. Die Brut aus den Eiern. Das sind seine Kinder, die so schreien.«

Lisa erschrak. »Glaubst du, sie haben Kyra und Nils –«

Chris unterbrach sie mit einem Kopfschütteln. »Wäre er dann so aus dem Häuschen?« Er deutete mit einem Nicken auf den Storch.

Tatsächlich hatte der Dämon jedes Interesse an Lisa und Chris verloren. Sein langer Hals schwankte wie eine Schlange beim Flötenspiel.

Dann, plötzlich, fuhr die Kreatur herum. Ein zorniger Aufschrei drang aus ihrem Schnabel. Mit weiten Sprüngen raste sie über das Dach, verschwand mit einem gewaltigen Satz hinter einem Giebel.

Chris und Lisa waren immer noch starr vor

Schreck. Erst ganz langsam vermochten sie sich wieder zu rühren. Chris rappelte sich als Erster hoch, schwankte leicht, hielt aber dann sein Gleichgewicht. Mit beiden Händen half er Lisa beim Aufstehen.

»Los, hinterher!«, rief er und nahm die Verfolgung des Dämons auf.

»*Hinterher?*« Lisa blieb stehen. Sie konnte kaum glauben, was sie da hörte.

Chris schaute sich ungeduldig um. »Willst du denn nicht wissen, wo er hinläuft?«

»Ich bin froh, dass ich noch lebe.«

»Darüber kannst du dich auch später freuen.«

»Aber –«

»Kein ›Aber‹. Lisa, bitte, wir haben es den anderen versprochen.«

»Wir haben versprochen, ihn abzulenken. Aber er hat nicht ausgesehen, als würde er sich jetzt noch ablenken *lassen*.«

Chris' Gesichtsausdruck war entschlossen. »Dann gehe ich allein.«

Lisa stand da und dachte nur immer wieder, dass das alles doch gar nicht wahr sein dürfe.

Ach, verflucht noch mal ...

»Warte!«, rief sie ihm hinterher. »Ich komm ja schon.«

Er grinste flüchtig, als sie ihn einholte. Dann halfen sie sich gegenseitig beim Erklimmen der Schräge, hinter der die Kreatur verschwunden war.

Oben angekommen entdeckten sie in einer Vertiefung einen mächtigen Schornstein. Sein Umriss maß mindestens drei Meter im Quadrat; eine rostige Abdeckung ruhte auf vier Eisenstäben, hoch genug über der Öffnung, dass sich sogar der riesige Storch darunter hindurchzwängen und in den Schacht klettern konnte. Ein Büschel schwarzer Federn hatte sich in einer Steinfuge verfangen und bog sich im Wind.

Der Kaminschlot war nicht besonders hoch und lag genau im Zentrum des Hoteltrakts. Vom Boden aus war er nicht zu sehen.

»Wohin führt der?«, fragte Chris.

Lisa runzelte die Stirn. »Keine Ahnung.«

»In die Bibliothek?«

»Nein, ganz bestimmt nicht. Die liegt ganz woanders.«

Sie schlitterten die Schräge hinunter und erreichten die Ummauerung des Kamins. Chris streckte sich auf die Zehenspitzen, konnte aber trotzdem nicht über die Brüstung ins Innere des Schachts blicken.

Aus der Tiefe ertönte abermals das schrille Kreischen und verebbte dann allmählich. Lisa schauderte, mehr noch, als sie des Raschelns und Polterns gewahr wurde, das aus dem Schornstein empordrang. Der Schacht war zu eng, als dass der Dämon die Flügel hätte spreizen können.

Chris machte sich daran, einmal um den Kamin herumzugehen und das Mauerwerk zu untersuchen.

»Wonach suchst du denn?«, fragte Lisa. Ihr schwante bereits Übles.

»Danach!«, ertönte es von der anderen Seite des Schlots.

Widerstrebend folgte sie ihm. Sie sah sofort, was er meinte. Schlimmer noch: Sie wusste sogleich, was er vorhatte.

Eisensprossen führten an der Mauer hinauf bis zur Brüstung – und zweifellos an der Innenseite des Schachts wieder nach unten. Tief hinab ins Haus.

»Du willst doch nicht etwa –«

Chris grinste breit. »Du kannst doch klettern, oder?«

»Vor allen Dingen kann ich *fallen*. Ziemlich tief sogar. Ziemlich schnell. Ziemlich tödlich.«

Chris hörte gar nicht mehr hin. Er erklomm bereits die unteren Sprossen und zerrte prüfend daran. »Die sitzen fest«, urteilte er dann fachmännisch.

»Schön für dich«, sagte Lisa. »Vielleicht schlägst du dir dann beim Fallen an einem von den Dingern den Schädel ein, bevor du unten ankommst.«

»Sehr komisch.«

»Scheiße, Chris! Du willst doch nicht wirklich da runterklettern?«

»Hast du eine bessere Idee?«

»Dieses Biest ist da unten.«

»Ja, genauso wie Kyra. Und dein Bruder.«

Lisa ballte hilflos die Fäuste. Am liebsten hätte sie Chris Vernunft eingeprügelt.

Er kam oben an und setzte sich rittlings auf die Brüstung. Vorsichtig beugte er sich nach innen und blickte in den Schacht hinab.

»Dunkel«, sagte er dann.

Lisa verdrehte die Augen. »Ach.«

Wieder lächelte er auf diese unwiderstehliche Art und Weise, die Lisa fast um den Verstand brachte – im Guten wie im Schlechten. Sie konnte ihm einfach nicht böse sein, wenn er so lächelte. Und ihm erst recht keinen Wunsch abschlagen.

»Also?«, fragte er listig, als wüsste er genau, welche Wirkung er auf Lisa hatte.

Lieber Himmel, wusste er das etwa *tatsächlich*? Sie spürte, dass sie feuerrot wurde. Eilig kletterte sie die Sprossen hinauf, eigentlich nur, um einen guten Grund zu haben, auf ihre Füße zu schauen, damit Chris ihre glühenden Wangen nicht sah.

Auch sie erreichte die Brüstung. Ihr wurde todschlecht, als sie darüber hinweg in den Schacht blickte.

»Du willst das wirklich tun, ja?«, fragte sie noch einmal.

Chris lächelte.

Oh, Mann ...


Die schwarze Rußwolke schloss sich um Kyra und Nils wie der Tintenschwall eines Oktopus. Die Kerzen flackerten, gingen aus.

Die Finsternis war auf einen Schlag vollkommen. Kyra hatte plötzlich das schreckliche Gefühl, inmitten eines fremden Universums zu schweben, in dem alle Sterne erloschen waren.

»Kyra?« Nils' Stimme klang zittrig.

Sie hustete, als sie einen Schwall Ruß einatmete.
»Hier.«

»Wir müssen weg von hier«, keuchte Nils.

Aber Kyra dachte gar nicht daran. Sie war die Erbin ihrer Mutter. Die Trägerin der Sieben Siegel. Sie war ...

Etwas krachte auf den Grund des Kaminschachts.

Sie konnten nichts sehen, aber es reichte, dass sie das wütende Kreischen des Dämons hörten.

Er war hier.

Bei ihnen im Keller.

Nur ein paar Schritte entfernt.

Eine Hand krallte sich um Kyras Schulter. Ihr Körper versteifte sich.

»Ich bin's«, flüsterte Nils ihr ins Ohr.

»Hier, nimm das.« Sie drückte ihm den Kerzenleuchter und die Streichhölzer in die Hand. »Mach Licht. Schnell.«

Er fragte nicht, warum sie es nicht selbst tat. Irgendwo neben ihr in der Finsternis hörte sie, wie ein Zündholz über die Reibfläche gezogen wurde. Dann ein Fluch. Das Hölzchen war abgebrochen. Keine Flamme. Noch immer kein Licht.

Ein Rauschen, als etwas Großes durch die unterirdische Halle streifte. Krallen auf Stein. Heiseres Atmen, ähnlich wie das der Dämonenbrut – nur kräftiger, so als hätte jemand die Lautstärke aufgedreht.

»Glaubst du ... glaubst du, er kann im Dunkeln sehen?«, stammelte Nils. Die Streichholzschachtel raschelte, als er den nächsten Versuch startete.

»Keine Ahnung.« Dabei war Kyra insgeheim ziemlich sicher, dass der Dämon *natürlich* im Dunkeln sehen konnte. Eine Kreatur, die aus purer Finsternis geboren war, die zudem keine Pupillen besaß, solch ein Wesen war gewiss nicht auf Licht angewiesen.

Was ein beträchtliches Problem mit sich brachte: Der Dämon wusste, wo sie waren, aber sie wussten nicht, wo *er* war.

Nils riss das Zündholz über die Reibfläche. Eine Flamme flackerte auf. Fahler Lichtschein umhüllte die beiden wie der Schimmer eines Glühwürmchens.

Etwas zuckte aus der Dunkelheit ins Licht. Geradewegs auf Nils zu. Blutrot. Spitz. Tödlich und schnell wie ein Blitzschlag.

Der Schnabel verfehlte sein Opfer, weil Nils sich im selben Augenblick bückte, um den Kerzenleuchter vom Boden zu heben.

Er schrie auf, als er den Schädel und den langen Hals des Dämons über sich hinwegzucken sah. Gleichzeitig ließ er sich fallen – und hatte zum zweiten Mal Glück, denn so entging er einem Hieb der Kreatur mit ihren Messerkrallen. Dabei verlor er das Streichholz und das Licht erlosch erneut.

Kyra rollte sich zur anderen Seite ab. Fort von Nils, fort von dem Dämon.

Ihre Rechte hielt den Knochenschädel des Barons umklammert, riss ihn mit sich.

»Hey!«, brüllte sie, so laut sie konnte. »Hey, sieh hierher!«

Nils' Schreie brachen ab. Einen Augenblick lang

fürchtete Kyra das Schlimmste. Dann aber hörte sie über dem Toben des Dämons hastige Schritte, die sich in der Finsternis entfernten.

»Hey, Miststück!«, rief sie mit überschnappender Stimme. Euphorie und Panik führten in ihrem Inneren einen erbitterten Kampf. Sie glaubte, die Adrenalinstöße, die ihren Körper aufpeitschten, ganz genau spüren zu können.

»Nils, mach Licht!«

Hornklingen kratzten über den Steinboden. Rasselndes Keuchen kam näher.

*»Licht, verdammt noch mal!«*

Der Dämon raste auf sie zu. Sie konnte ihn spüren, seine böse Aura beinahe atmen. Ihre Knie fühlten sich an wie Pudding.

Ein Streichholz flammte auf. Der Schein, den es in die Dunkelheit warf, verdiente kaum die Bezeichnung Licht.

Dennoch reichte es aus.

Kyra sah den Dämon. Sah, wie er auf sie zuschnellte.

»Hier!«, rief sie und hielt den Schädel des Barons wie eine Bowlingkugel, Zeige- und Mittelfinger in den leeren Augenhöhlen. »Weißt du, was das ist?«

Der Dämon kam näher, ein Geschöpf aus Hass und Zorn und schwarzen Federn.

Sein Schnabel klaffte auf.

Kyra holte aus und schleuderte ihm den Schädel entgegen.

Im fahlen Flackern des Streichholzes sah sie, wie

die helle Kugel auf den Dämon zuraste – geradewegs in den offenen Schnabel.

Die Kiefer klappten zu. Ein Reflex, vielleicht. Selbstschutz.

Stattdessen bewirkten sie das genaue Gegenteil.

Der morsche Schädel wurde von dem Schnabel zermalmt, zerplatzte in einer Wolke aus Staub und mürben Knochensplittern.

Ein Heulen hob an, aber es kam nicht von dem Dämon. Es klang wie ein Sturm, der durch die Ritzen eines Turmzimmers jault, klang wie Fingernägel, die über eine Schultafel kratzen, wie die Schreie von Millionen verlorener Seelen.

Etwas, was aussah wie ein Wirbelsturm, wuchs rund um den Dämon aus dem Boden empor, hüllte ihn ein.

Riss ihn davon.

Kyra sah, wie der rote Schnabel aus den Wänden des Wirbels ragte und um sich selbst rotierte.

Dann, von einem Atemzug zum nächsten, war der Storch fort.

Ebenso der Wirbel.

Plötzlich herrschte Stille. Das Licht flackerte.

»*Autsch!*«

Kyra fuhr herum und sah Nils umherhüpfen und seine Hand schütteln – das heruntergebrannte Streichholz hatte ihm die Fingerspitzen versengt. Jetzt lag das Hölzchen am Boden, die Flamme zuckte noch einmal und erlosch.

Erneute Finsternis.

»Kyra? Nils?«

Aber das war doch ... *Chris' Stimme!*

»Seid ihr hier irgendwo?«, fragte gleich darauf auch Lisa irgendwo im Dunkeln.

Poltern ertönte, dann fluchten alle beide.

»Wir sind hier«, sagte Kyra mit schwacher Stimme. »Wir sind ... hier!«

Nils riss das nächste Streichholz über die Schachtel, und diesmal gelang es ihm endlich, alle drei Kerzen zu entzünden.

Chris und Lisa blinzelten. Beide waren über und über mit Ruß und Spinnweben bedeckt. Sie standen vor dem offenen Kamin und schauten sich irritiert um.

»Wo ist –«, begann Lisa, aber Kyra fiel ihr ins Wort: »Fort.« Sie zog sich auf die Füße und taumelte zu Nils, half ihm beim Aufstehen. Chris und Lisa eilten auf die beiden zu.

Nils starrte Kyra an. »Wie hast du das gemacht?«

Sie berichtete allen dreien vom Schädel des Barons.

»Woher hast du gewusst, welche Wirkung das auf das Biest haben würde?«, fragte Chris.

»Ich hab's nicht gewusst.«

Nils fuhr sich entnervt mit beiden Händen durchs Haar. Ruß stob auf. »Sie hat's nicht gewusst. Na, wunderbar.«

Kyra lächelte ihn an. »Als ich das Gerippe im Zentrum des Pentagramms liegen sah, ist mir klar geworden, dass es ein Teil des Rituals gewesen sein musste. Versteht ihr? Der Baron hat sich selbst geopfert, um den Dämon heraufzubeschwören. Er hat seinen eigenen Tod in Kauf genommen – wohl in der Hoffnung, der Dämon würde ihn aus Dankbarkeit wieder zum Leben erwecken.« Sie zuckte grinsend die Achseln. »Für jemanden, der sich sein ganzes Leben mit Dämonologie beschäftigt hat, war er ganz schön gutgläubig.«

»Verkalkt«, korrigierte Chris. »Der Kerl war ... wie alt? Hundertdrei?«

Lisa nickte. »So stand's in Großvaters Aufzeichnungen.«

Kyra fuhr fort: »Das Skelett war Teil des Rituals. In dem Moment, da der Schädel zerstört wurde, war die Beschwörung zunichte gemacht. Der Dämon wurde dorthin zurückgerissen, woher er gekommen war.«

»Aber er ist nicht vernichtet, oder?«

»Er ist fort. Das ist die Hauptsache«, sagte Kyra und fügte nach einem Moment etwas leiser hinzu: »Hoffentlich.«

Nils wandte sich ab und ging über das Pentagramm zu den Überresten des Gerippes. Mit beiden Füßen begann er, die Knochen blindwütig zu Staub zu zertrampeln.

Die anderen starrten ihn aus großen Augen an.

»Nur zur Sicherheit«, meinte er atemlos.

Noch immer sagte keiner ein Wort.

Nils räusperte sich und schabte den Staub mit den Füßen zu einem Haufen zusammen.

Dann fragte er verlegen: »Hat irgendwer hier unten einen Besen gesehen?«

Zwei Tage später saßen Chris und Kyra in Tante Kassandras Teeladen. Von draußen drang plötzlich ein Scheppern herein.

Lisa und Nils ließen ihre Fahrräder auf den Bordstein fallen und stürmten durch die Tür. Das Glöckchen über dem Eingang läutete Sturm.

»Sie sind zurück!«, platzte Nils heraus.

Kyra und Chris wurden stocksteif. »Die Dämonen?«

Lisa lachte. »So ähnlich. Unsere Eltern.«

Kyra warf Chris einen Blick zu. Beide seufzten erleichtert.

Tante Kassandra kam mit einer dampfenden Teekanne aus dem Hinterzimmer. »Dachte ich mir doch, dass ihr zwei heute noch hier auftaucht. Ich hab extra ein paar Tassen mehr gekocht.« Wie üblich gab sie vor, den gequälten Gesichtsausdruck der Geschwister nicht zu bemerken. Ihre Teemischungen waren bei den Kindern berüchtigt für ihre Ungenießbarkeit.

Kyras Tante trug wie immer eines ihrer naturfarbenen Leinenkleider. Ihr hellrotes Haar war mit zahllosen Spangen und Gummis hochgesteckt und stand zerzaust in alle Richtungen ab. Sie war eine schöne Frau und Kyras Ähnlichkeit mit ihr war bestechend. Kassandra war die Schwester von Kyras Vater, Professor Rabenson, und sie war mit Sicherheit die großartigste Tante, die man sich wünschen konnte.

Chris rümpfte die Nase, als sie seine Teetasse mit übel riechendem Gebräu füllte. Dann fiel ihm wieder ein, weshalb Lisa und Nils hergekommen waren.

»Eure Eltern also«, meinte er unheilschwanger. »Haben sie schon ... na ja, haben sie die Türen gesehen?«

»Und die Böden?«, ergänzte Kyra.

»Was haben sie zu dem Feuer im Weinkeller gesagt?«

»Und waren sie schon im Ballsaal?«

Lisa und Nils wechselten einen amüsierten Blick. »Die Großtante unserer Mutter –«, begann Lisa, wurde aber von Nils in priesterlichem Tonfall unterbrochen: »Gott hab sie selig.«

»Äh, ja, natürlich«, meinte Lisa mit unterdrücktem Grinsen. »Na ja, auf jeden Fall war sie reich.«

»Sehr reich«, sagte Nils.

Chris und Kyra hörten mit offenem Mund zu.

Nur Tante Kassandra blieb gewohnt pragmatisch. »Dann kann der alte Kasten ja endlich renoviert werden.«

»Das wird er auch«, bestätigte Nils. »Und zwar von oben bis unten.«

Lisa nickte stolz. »Wir kriegen einen großen Swimmingpool.«

»Überdacht«, fügte Nils hinzu.

»Und eine Sauna.«

»Einen Großbildfernseher.«

»'nen neuen Videorekorder.«

»Whirlpools.«

»Videospiele.«

Tante Kassandra seufzte. »Dann wird das schöne Geld wohl bald wieder futsch sein.«

»Was haben eure Eltern zu den Türen gesagt?«, fragte Kyra noch einmal.

»Ach, die sind immer noch ganz aus dem Häuschen wegen der Erbschaft ...« Lisa machte eine wegwerfende Handbewegung. »Außerdem werden im ganzen Kerkerhof neue Türen eingebaut. Und neue Rahmen. Neue Parkettböden. Überhaupt wird alles neu.«

»Neureich«, kommentierte Tante Kassandra trocken und nippte an ihrem Tee.

Kyra warf ihr ein Lächeln zu, dann wandte sie sich wieder an ihre Freunde. »Das heißt also, es gibt keine Strafe?«

Nils nickte. »Keine Strafe.«

»Was habt ihr ihnen denn erzählt?«, wollte Chris wissen.

Lisa kicherte. »Dass wir auf den Gängen mit den Rollerblades geübt haben.«

Kyra hob ungläubig die linke Augenbraue. »Die Türen haben ausgesehen, als hätte eine Horde *Elefanten* mit Rollerblades geübt.«

Nils grinste. »Wir haben gesagt, Chris sei noch ein wenig unsicher.«

»*Ich?*«, fuhr Chris auf.

Nils und Lisa prusteten los. »War nur ein Scherz.«

Tante Kassandra räusperte sich. »So, und jetzt trinkt euren Tee. Schnell, bevor er kalt wird.«

Als sie den Widerwillen auf den Gesichtern der Kinder sah, fügte sie mit diabolischem Grinsen hinzu:

»Ihr habt doch allen Grund zum Anstoßen, oder?«

# „Stephen King für Jugendliche!" *Daily Mail*

Anthony Horowitz
**Todeskreis**
3-7855-5809-0
288 S., gebunden, ab 13 Jahren

Panisch fährt Matt aus dem Schlaf hoch. Er hatte wieder denselben Traum, wie schon so oft: Drei Jungen und ein Mädchen rufen ihn verzweifelt um Hilfe. Oder wollen sie ihn warnen? Matt spürt, dass er keine Zeit mehr zu verlieren hat. Er muss fliehen – fort von seiner Pflegemutter und fort von der Farm, auf der sie ihn seit Tagen wie einen Gefangenen festhält. Denn Matt soll Teil einer dämonischen Verschwörung werden. Und jede Sekunde, die er länger auf der Farm bleibt, könnte seinen Tod bedeuten ...

Kai Meyer
# Sieben Siegel –
# Die Rückkehr des Hexenmeisters

128 Seiten  ISBN-10:   3-570-21602-0
ISBN-13: 978-3-570-21602-6

Wer ist die mysteriöse Fremde, die einen fliegenden Monsterfisch in ihrer Handtasche trägt? Was will sie in der Kirche von St. Abakus? Die Wahrheit ist schrecklicher als Kyra es sich je hätte vorstellen können, denn sie ist unentrinnbar verknüpft mit ihrer eigenen Herkunft. Kyra und ihre Freunde geraten in Gefahr: Der Hexenmeister des Arkanum ist auferstanden …

www.omnibus-verlag.de

## Jonathan Stroud
# Bartimäus
# Das Amulett von Samarkand

544 Seiten      ISBN 3-570-12775-3

*»Dämonen sind heimtückisch. Sie fallen dir in den Rücken, sobald sich ihnen die Gelegenheit dazu bietet. Hast du verstanden?«*

Und ob Nathanael verstanden hat. Er weiß genau, was es mit der Macht von Dämonen auf sich hat. Deshalb hat er sich ja für Bartimäus entschieden, den 5.000 Jahre alten, ebenso scharfsinnigen wie spitzzüngigen Dschinn. Nathaniel braucht einen mächtigen Mitspieler für seinen Plan, denn: Er will sich rächen!

www.cbj-verlag.de

Jonathan Stroud
# Bartimäus – Das Auge des Golem

608 Seiten    3-570-12776-1

»*Klar habe ich damit gerechnet, dass mich eines Tages wieder irgendein Schwachkopf mit spitzem Hut beschwört, aber doch nicht derselbe wie beim letzten Mal!*«
Der ehrgeizige Nathanael strebt eine Karriere im von Zauberern beherrschten britischen Weltreich an. Seine dringlichste Aufgabe ist es, der immer dreisteren Widerstandsbewegung der Gewöhnlichen ein Ende zu setzen. Doch Kitty und ihre Freunde entkommen. Da hilft nur eins: Bartimäus muss wieder her …

www.cbj-verlag.de

## Jonathan Stroud
# Bartimäus – Die Pforte des Magiers

608 Seiten  ISBN-10:   3-570-12777-X
ISBN-13: 978-3-570-12777-3

2000 Jahre sind vergangen, seit Bartimäus auf der Höhe seiner Macht war. Heute, gefangen in der Welt der Magier, spürt er seine Kräfte schwinden. Doch noch will sein Meister Nathanael ihn nicht aus seinen Diensten entlassen. Muss er doch als Informationsminister gegen die Aufständischen und seine Widersacherin Kitty kämpfen. Da wird London plötzlich von einer bislang unbekannten Macht angegriffen und Nathanael, Kitty und Bartimäus müssen zusammenarbeiten ...

www.cbj-verlag.de

## Nina Ruge
# Lucy im Zaubergarten

256 Seiten          OMNIBUS 21618

Lucy zieht mit ihrer Familie aufs Land in ein altes
Fachwerkhaus mitten in einem verwunschenen Garten.
Allein erkundet sie das grüne Paradies. Als die Pflanzen ihr
dunkle Warnungen zuraunen und finstere Gestalten im
alten Kloster herumschleichen, traut Lucy ihren Sinnen kaum.
Eine üble Verschwörung ist im Gange …

www.omnibus-verlag.de

# Lloyd Alexander
# Drei Leben für Lukas Kasha

256 Seiten   ISBN-10:   3-570-27066-1
ISBN-13: 978-3-570-27066-0

Lukas Kasha ist leidenschaftlicher Nichtstuer. Ein Tagträumer, aber immer neugierig. Als ein Gaukler auf dem Marktplatz einen Feiwilligen sucht, macht Lukas deshalb freudig mit und steckt seinen Kopf in einen Wassereimer. Als er ihn wieder herauszieht, schwimmt er in einem unbekannten Meer. Am Strand empfangen ihn jubelnde Menschen, die ihn zum König von Abadan krönen. Das neue Leben in Luxus enthüllt bald seine Schattenseiten und Lukas muss fliehen …

www.omnibus-verlag.de